AF401063

MÉMOIRE AU ROI

ET AUX CHAMBRES LÉGISLATIVES,

SUR LA DESTRUCTION DES BOIS,

ET SUR LES GRAVES CONSÉQUENCES QUI PEUVENT EN RÉSULTER.

RELATIVEMENT

1° A la prospérité de l'agriculture, de l'économie et de l'industrie ;
2° A l'état de l'atmosphère, à la température et à la salubrité publique ;
3° A l'ordre et au maintien des choses dans la société et les climats ;
4° Au crédit public inhérent à un grand gage foncier dans un Etat agricole ;
5° A un système indéfini de l'aliénation des bois du domaine de l'État.

PAR J.-B. ROUGIER DE LA BERGERIE,

Des Instituts de France et de Bologne ; de l'ancienne Société royale d'Agriculture ; Membre du Comité d'Agriculture de l'Assemblée législative, du Conseil d'Agriculture et des Arts près le ministère de l'intérieur ; auteur de plusieurs ouvrages agronomiques et géorgiques, de celui des *Forêts* de la France et d'un Cours complet d'agriculture pratique en huit volumes ; ancien préfet de l'Yonne.

Prix : 2 fr. 50 c.

A PARIS,

CHEZ G.-A. DENTU, IMPRIMEUR-LIBRAIRE,
RUE DU COLOMBIER, N° 21 ;
ET PALAIS-ROYAL, GALERIE D'ORLÉANS, N° 13,
CHEZ MONGIE AÎNÉ, BOULEVARD DES ITALIENS,
Et chez Rousselon, rue d'Anjou-Dauphine, n° 9.

M D CCC XXXI.

Ce Mémoire, tiré à un petit nombre d'exemplaires, est déposé aux Bibliothèques de la Chambre des Pairs et de celle des Députés.

PARIS.—IMPRIMERIE DE G.-A. DENTU, RUE DU COLOMBIER, N° 21.

AU ROI,

ET AUX CHAMBRES LÉGISLATIVES.

L'INDIFFÉRENCE des hommes d'Etat, des législatifs et des savans en physique pour les choses de nécessité publique, manifeste un très-fâcheux caractère, dont la société entière a droit de se plaindre. Loin de s'en excuser, tous n'auraient en vue, à les entendre, que les intérêts nationaux et le feu sacré de la liberté. Les uns prétendent avoir rendu d'immenses services au gouvernement; les autres avoir fait faire d'immenses progrès aux sciences physiques et à l'économie; mais laissons à d'autres le soin d'apprécier leurs travaux respectifs; bornons-nous aux considérations *sur les eaux et forêts,* et tâchons de démontrer que, sous ce dernier rapport, la France est menacée dans sa prope existence. Hâtons-nous de faire observer à la foule des optimistes et des égoïstes, encore corrigibles, que cette pensée sinistre est moins la nôtre que celle des plus célèbres ministres et savans que la France et l'Europe honorent. Déclarons d'abord en connaissance de cause, qu'autrefois, et même dans le dix-huitième siècle, les hommes d'Etat et les savans étaient infiniment plus occupés des observations ou des études de la nature, et des besoins de la société, qu'ils ne le sont aujourd'hui.

Les premiers, par devoir ou par goût, s'entendaient avec les intendans les plus estimés, et avec les commissions intermédiaires des pays d'Etat. Sans bruit, sans ostentation, ils préparaient en conseil des améliorations dans l'ordre administratif; ils prévenaient ou réprimaient des abus; ils faisaient sans cesse prédominer l'intérêt général, et très-souvent même aux dépens de la couronne. L'opinion est encore frappée des grands travaux exécutés par les Etats de Bretagne, du Languedoc, de la Bourgogne, etc.

Les seconds s'occupaient exclusivement de la science qu'ils cultivaient, et ils n'avaient pas même la pensée de prétendre à des fonctions dans le gouvernement : Lavoisier est le premier qui ait voulu faire marcher de front la fortune, la science et la renommée.

Il est de fait que, jusqu'à Louis XVI, il y a eu un très-sage principe, celui de ne confier de hautes fonctions administratives ou judiciaires, qu'à ceux qui s'étaient exercés, dès leur jeunesse, à suivre le cours des affaires auxquelles ils se destinaient; c'est ainsi que les d'Aguesseau, les d'Ormesson, les Malsherbes, avant d'entrer activement dans la magistrature, avaient suivi chez des praticiens estimés l'ordre et le cours des procédures dans le droit civil et criminel : ainsi, les Baville, les Turgot, avant d'être intendans de grandes provinces, avaient été de simples commis d'intendance, des délégués ou des commissaires d'enquêtes.

A la révolution de 1789, ce principe si sage a été repoussé comme un *us* ou une vieillerie aristocratique; et parce qu'on a vu briller à la première tribune nationale quelques hommes forts de talens, d'éloquence et de vertus civiques, on s'est cru fondé à prendre, au contraire, pour un principe, l'émancipation générale de tous les appelés, vieux ou jeunes, aux fonctions publiques.

Dans la carrière des sciences, il y a eu la même aberration; quand les opinions politiques n'y faisaient pas les choix, les coteries les déterminaient; malheur à ceux qui avaient plus de génie, de science et de modestie que les hommes du noyau académique.

Il y a eu sans doute de notables et heureuses exceptions; on peut citer avec orgueil un Turgot, un Malsherbes, et, parmi les savans, un Réaumur, un Buffon, un Dolomieu; mais pourra-t-on jamais citer, comme dignes ministres de l'intérieur, des François de Neufchâteau, des Vaublanc, des Corbières? Avons-nous à nous applaudir des fonctions d'Etat confiées aux Laplace, Lagrange ou Cuvier? Il faut donc absolument en revenir à l'ancien principe, que pour toute fonction à remplir dans l'Etat, on doit nécessairement avoir fait des études préliminaires, ou des stages relatifs.

Il ne s'agit pas, dans ce dernier écrit que me dicte et commande l'amour de la patrie, de faire un nouveau factum de doléances sur l'état des forêts, qu'on vient encore de jeter par grandes masses dans l'abîme financier; trop de gens, grâce aux Villèle et à leurs suppôts, ont mis tous leurs intérêts de fortune dans le fatal agio ou l'agiotage; pour eux, aujourd'hui, le crédit des rentes est la doctrine ou science exclusive, et la patrie n'est qu'une vaine abstraction. Ils nient même ou ridiculisent les besoins et les nécessités de la société, dans l'existence et la permanence des bois.

Dans la trop fameuse séance du 11 mars 1831, un membre vient de voter la vente de tous les bois de l'Etat pour les voir défricher, et la Chambre des députés de la France a froidement entendu un pareil motif! Il n'y a donc plus rien à espérer d'elle, puisque dans sa sagesse et sa science, la destruction des bois est regardée comme un haut principe d'administration et d'économie; il n'y a donc plus, pour celui que l'intérêt général touche encore, qu'à recourir tout simplement à l'ordre des faits contraires, et à s'appuyer sur les témoignages des plus grands hommes d'Etat et des plus savans physiciens.

Ce nouvel écrit, tel qu'il soit, n'est pas de ma part un premier coup d'essai sur le sujet en question; car, depuis plus de quarante ans, je n'ai cessé d'offrir aux législatures, au gouvernement, à l'Académie des sciences et aux Sociétés savantes nationales ou étrangères,

divers Mémoires et ouvrages sur l'influence des bois et sur leurs nécessités dans la société. Mais, pour mériter du moins quelque confiance de la part des lecteurs qui ne me connaissent pas, ou qui n'ont
pas étudié et approfondi ce sujet, je prends la liberté de rappeler, à
toutes fins, les ouvrages que j'ai publiés sur l'ensemble de l'agriculture, de l'économie, et sur les eaux et forêts (1).

C'est donc avec ce modeste bagage que j'ose présenter au Roi et aux
Chambres ces dernières réflexions, que je dirais presque testamen-
taires. Trop instruit de l'indifférence commune pour tout ce qui se
rapporte aux nationalités agronomiques, je n'ai presque aucun espoir
de voir les hommes du gouvernement prendre une meilleure direction,
et moins encore de voir changer d'allure ceux de la science physique, que jusqu'à présent nos divers ministres, pour de petites satisfac-
tions d'amour-propre, ont tenus constamment à leur solde ou à la re-
morque. Qu'on ne croie pas, en m'expliquant ainsi, que je me dise
saisi d'une science éminente et réparatrice, car je ne suis un peu riche que d'expérience, qui, toujours unie à mon goût pour observer,
est l'élément le plus sûr de mes faibles connaissances. C'est aussi dans
la défiance de mes forces propres que j'ai voulu justifier mes pensées
et mon opinion par les témoignages des hommes les plus célèbres dans

(1) En 1787, un *Essai sur les abus qui s'opposaient aux progrès de l'agriculture*, ouvrage
présenté au roi.

En 1796, un volume sur l'agriculture et le commerce en temps de paix.

En 1798, un Mémoire, fort de preuves et de faits, *sur les abus des défrichemens*.

En 1799, { un Annuaire agronomique pour les départemens du centre de la France.
{ le Rapport général sur le desséchement des étangs, approuvé et imprimé.

En 1800, un Mémoire sur les chanvres de France, imprimé par ordre pour le conseil d'État.

En 1803, un *Projet de Code rural*; in-4°.

En 1805, des *Géorgiques françaises*, poëme didactique, dans lequel on signale vivement
les abus et les dangers de la *destruction* des bois; 2 vol. in-8°.

En 1816, un ouvrage sur les forêts de la France, avec tableaux; 1 vol.

En 1818, un Mémoire sur l'aliénation des forêts et les destructions par les défrichemens,
adressé à l'Académie des sciences et aux Sociétés savantes.

En 1819, un *Cours d'agriculture pratique*, par livraisons, et formant 8 vol., avec figures
et dessins.

le gouvernement de l'Etat et dans la carrière des sciences. Je n'ai garde, au surplus, de prétendre, même par mon âge, à quelque supériorité dans la science agronomique ; car il est de fait que le plus habile agriculteur, fût-il un Rozier, un Duhamel-Dénainvillers, ne serait à son début, dans un sol étranger au sien, qu'un novice dans l'art de cultiver.

Un très-petit nombre de citoyens, dignes de ce beau titre , se sont jetés comme moi dans une carrière qui ne donne ni richesse ni célébrité. Je peux donc avoir du moins sur tant d'autres l'avantage d'avoir suivi constamment par théorie et par pratique l'art et la science qui constituent l'agriculture. Mais, pour mieux fixer l'attention du lecteur sur un sujet qui intéresse au plus haut degré le sort de la France, je vais réduire tout ce qui regarde l'influence des bois à un ordre ou série de faits transmis par des hommes que l'opinion publique cite et vénère à cause de leurs bienfaits rendus. Je les diviserai en deux parties distinctes.

La première comprendra les élémens de la haute physique.

La seconde, ceux qui se rapportent à l'économie générale.

PREMIÈRE PARTIE.

ESSAI

SUR LA PHYSIQUE DÉDUITE DE L'EXISTENCE ACTIVE DES BOIS.

Dans le triste et déplorable état où se trouve la France, sous le rapport des bois et de la végétation en général , il y aurait un grand ouvrage à composer d'urgence, au nom du gouvernement, pour en rétablir, conformément aux lois de la nature, les principes qui se lient essentiellement au cours régulier de la température, aux premiers besoins de la société, ainsi qu'à notre économie rurale, industrielle et politique. Une telle histoire, bien comprise et bien rendue, pourrait avoir un grand intérêt, et par suite inspirer quelque effroi sur les mesures impolitiques et désastreuses auxquelles on soumet la plus noble et la plus riche partie du domaine national. On les doit, ces mesures, à l'esprit d'agio qui s'est emparé successivement du plus grand nombre et des plus riches propriétaires, même fonciers, que les révolutions ont successivement fait agglomérer dans la capitale, où ils sont devenus étrangers tout à fait au théâtre des champs, à ses ressources et à ses jouissances. Un tel travail intéresserait d'autant plus l'Etat et la postérité, que la législation que nous tenions de nos plus sages aïeux sur les eaux et forêts, vient de subir un tel bouleversement, que la société entière va en être incessamment frappée ou mulctée jusque dans ses besoins de nécessité. Pourquoi faut-il qu'un fatal et nouveau système financier se soit fait jour et accrédité dans la Chambre des députés, à qui la dernière révolution imposait pourtant plus de nationalité dans les institutions que réclame en vain la patrie depuis si long-temps? Ne citons ici qu'un code rural (1).

Pour la haute physique, la France peut citer Lavoisier, Lagrange, Laplace; mais, plus occupés de créer des systèmes nouveaux et d'exercer un certain empire personnel que de dire des choses utiles à la généralité des citoyens, ils ont respectivement affecté de se tenir dans une sphère tellement élevée, que leur langue ou leurs idées ont été inaccessibles au commun des savans même.

Si nous descendons à l'économie rurale et politique, ainsi qu'aux parties qui se rapportent à la physique du terre-à-terre, l'Académie

______

(1) En 1803, j'ai fait imprimer un *Projet de Code rural*, qui a été communiqué aux membres du gouvernement; il est tombé, sans doute, dans le puits sans fond du ministère de l'intérieur, car je n'ai reçu aucun avis sur mes propositions. Il en a été de même de mon ouvrage *sur les forêts de la France*, et pour lequel il m'a fallu presque ouvrir une négociation avec M. Portal, ministre de la marine, pour le faire agréer : tant ce ministre était étranger à ses attributions. Quant à mon *Cours d'agriculture pratique*, presque tout composé *de faits*, les deux secrétaires-généraux de l'intérieur et des finances ont motivé à mon imprimeur le refus de souscrire, à cause de leurs budgets respectifs : il s'agissait de 15 fr. L'agriculture, en ce moment, n'est pas mieux comprise; le cadastre parcellaire, seul, accuse le gouvernement de son indifférence pour elle.

des sciences nous citera Duhamel, Daubenton, Broussonet, qui furent ses membres; mais il n'est que trop vrai que leurs travaux n'inspirent aujourd'hui ni confiance ni reconnaissance.

Le premier s'est déclaré le partisan et l'apôtre de Thull, Anglais, dont le système d'agriculture était de substituer la multiplicité des labours à toute espèce d'engrais, devenus alors inutiles. Ce fait suffit pour faire juger de la science agronomique de Duhamel. Ajoutons que, de tous les savans de l'époque, il a été le plus intrépide pour le cumul des places : combien il y a encore de Duhamels dans nos Académies!

Le second, fort respectable d'ailleurs, s'était déjà fait juger par son article *Arbres* dans l'*Encyclopédie;* mais il a perdu toute créance en physique et en physiologie, lorsqu'il a soutenu le système de faire tenir les troupeaux de bêtes à laine à l'air libre toute l'année, et le jour et la nuit.

Le troisième, Broussonet, de Montpellier, par suite de son anglomanie, était devenu membre de l'Académie des sciences; et quoique tout à fait étranger à l'agriculture de la France, il avait été nommé secrétaire perpétuel de la première Société royale d'agriculture. Sa plus grande autorité, en toute occasion, était la science éminente d'Arthur Young.

Je n'ai point le dessein de faire un traité de physique et de physiologie végétale; une telle entreprise serait au-dessus de mes forces : mais dans l'état où se trouvent les connaissances qu'on acquiert par les simples études de l'éducation dans les colléges, il doit suffire, pour se faire comprendre, d'établir sommairement les principes généraux de la physique, et d'en déduire les applications que les hommes les plus célèbres ont reconnu réelles. Je prends donc le parti de mettre seulement sous les yeux du lecteur, sans gloses ni commentaires, les faits et les principes de physique et de physiologie que la science positive autorise à dire et à publier.

Je ferai suivre ces principes par les déclarations qui ont été faites, dans les divers départemens, sur les excès des défrichemens et sur la destruction générale et précipitée des bois nationaux vendus.

Je produirai les témoignages et les rapports raisonnés des administrations départementales, des principales sociétés d'agriculture et des académies, ceux de la Convention et du Tribunat.

Je rapporterai les extraits de maintes statistiques que les préfets de l'empire ont rédigées dans leurs départemens respectifs ; j'en dirai les noms.

Je ferai une analyse raisonnée du discours de M. le ministre Laffitte à la Chambre des députés, sur l'aliénation de trois cent mille hectares des bois de l'État.

Je terminerai ce Mémoire par des considérations générales sur les immenses dommages causés à notre économie rurale et politique, et sur les malheurs et les souffrances que va subir la postérité. Si à de telles autorités la législature, le gouvernement et les membres de l'Académie des sciences, en contact avec les ministres, restent encore impassibles ou apathiques, je leur prédis à tous un vaste supplément de malédictions publiques.

PRINCIPES PHYSIQUES.

§ Ier.

Il y a une telle corrélation entre l'atmosphère et les végétaux que tient la terre, qu'on ne peut concevoir les bienfaits de l'une sans l'existence des autres.

§ II.

Les arbres par leurs pores, leurs feuilles et leur écorce, par la chaleur qui leur est propre et par leur perpendicularité, attirent sans cesse et absorbent l'humide et les fluides répandus dans l'atmosphère ; ils s'approprient les divers météores qui se forment dans l'air, dans la terre ou les eaux. Par l'immensité d'actions de leurs organes, par leurs débris et par ceux des insectes qu'ils recèlent, ils accumulent un riche humus, sans lequel il n'y a pas de fertilité, et ils préparent admirablement la superficie du sol à recevoir la charrue et les ensemencemens.

(9)

§ III.

Les feuilles, en général, sont tellement organisées et disposées, qu'elles pompent dans l'air la sève qui descend dans le corps et les branches des arbres.

Les fonctions d'une même feuille sont différentes : la partie supérieure est destinée à recevoir les impressions de l'air, du soleil et de la lumière, quand l'inférieure a pour destination de se charger de l'air et de l'humide ambiant du sol.

Dans le jour, elles donnent un air pur; dans la nuit, de l'azote.

L'air est le principal aliment des feuilles; il est pour elles ce que la terre est aux racines de l'arbre (1).

C'est par les feuilles que les arbres transpirent; leur transpiration est d'autant plus grande qu'elles peuvent absorber de chaleur, de lumière et d'air (2). C'est par la transpiration que s'opèrent dans les arbres les sécrétions, dont les émanations, jetées dans l'atmosphère, forment et renouvellent les météores si essentiellement utiles aux végétaux comme aux animaux.

§ IV.

Tout arbre, en raison de sa position, de son organisation, de la forme de ses feuilles et de leur surface, a une telle immensité d'action, qu'il décompose l'eau que l'atmosphère tient en vapeurs.

C'est par une vive et constante aspiration que les arbres subviennent eux-mêmes à leur nourriture, dont une partie chaque année, et de saison en saison, se solidifie.

(1) On trouve partout des arbres, tels que des cerisiers, pruniers, ormes, trembles, etc., qui sont nés dans les fissures des pierres, aux murailles ou aux voûtes des églises, et qui y acquièrent de grands développemens.

(2) Duhamel a calculé que les feuilles d'un moyen chêne, dont il a évalué la surface à un milliard de pieds carrés, donnaient, en douze heures, vingt-cinq milliers pesant d'eau : ce fait, pour un seul arbre, donne la mesure de l'immensité d'eau que mettent en mouvement les arbres d'un bois, et tous ceux qui sont disséminés sur la surface d'un sol.

On a fait, récemment encore, l'expérience qu'un orme moyen exhale par jour, dans la belle saison, seize mille deux cent soixante myriagrammes.

Ils ont encore l'admirable propriété de rechercher, je dirais presque de discerner dans l'air ce qui fait leur vie et leur bien-être.

La nature a donc ainsi destiné les arbres à purifier l'air (1), puisqu'ils s'emparent de toutes les émanations qui pourraient le vicier.

Il faut admirer de même que les feuilles rendent immédiatement à l'atmosphère et à la terre, qui en a toujours soif ou besoin, l'humide qu'elles ont pompé. La somme en est d'autant plus grande que le sol est profond et fertile, et que la température est élevée.

§ V.

Les phénomènes de la végétation ne sont dus ni à la pesanteur ni à l'action de l'atmosphère, mais aux organes mêmes des végétaux, à qui la nature a imprimé la faculté de s'approprier les élémens qui se trouvent dans l'air, et desquels ils font leur vie. C'est une loi première, en effet, qu'il y ait des rapports constans et mutuels entre l'atmosphère et les végétaux, et que les arbres expirent dans l'atmosphère la surabondance de l'eau que l'air a dissoute pour eux. Par ce mécanisme, le carbone et l'acide carbonique sont combinés de manière que l'air qui nous environne en est purifié : aussi voit-on les plus grands végétaux prospérer auprès des cloaques et des marais; et c'est par leur action végétative que, dans leurs entours immédiats, l'air est purifié, rendu respirable et salubre.

§ VI.

Notre atmosphère a des limites au-delà desquelles les évaporations ne se subliment plus. Il semble que le Créateur, occupé de la conservation des choses et des êtres de la terre, impose aux flots de l'atmosphère, comme à ceux de la mer, la loi de ne pas dépasser ces limites, et que, lorsqu'ils s'en approchent, ils doivent aussitôt rentrer dans le domaine duquel ils sont sortis. L'atmosphère ainsi, comme un corps

---

(1) C'est un avis que les municipes de Paris, qui laissent détruire les jardins et les arbres, devraient sérieusement méditer.

créé, fidèle à sa consigne, retient dans toute son étendue les divers élémens qui la composent. C'est vers son sein, en effet, que se portent les évaporations de la terre et les sécrétions des végétaux, par lesquelles s'alimentent les météores que l'air et les vents agitent et mobilisent. L'atmosphère, enfin, est un vaste laboratoire inhérent au globe, dans lequel se confondent à la fois l'eau en vapeurs, l'air, la lumière et le fluide électrique; dans les saisons rigoureuses, elle est pour la terre une sorte de manteau qui la protége contre le néant, et dessous lequel tout le règne végétal se soutient, s'accroît, se reproduit et prospère.

§ VII.

L'électricité joue un si grand rôle dans le règne végétal, qu'elle se lie essentiellement à la vie des arbres, et même à celle des animaux.

Tous les corps, dit Francklin, tiennent de l'électricité, dont le réservoir est dans l'atmosphère. Les arbres spécialement, ajoute-t-il, sont toujours en contact avec le fluide électrique, par lequel naissent et se forment les divers météores, qui eux-mêmes ont d'autant plus d'énergie qu'il y a sur le sol de végétaux vivans.

La participation des arbres avec l'atmosphère a d'autant plus d'influence qu'ils sont élevés, amples et garnis de feuilles; ils ont alors la faculté de rétablir l'air de la région inférieure, que les émanations terrestres peuvent avoir corrompu.

Auprès des bois, disait encore Francklin à Priestley, en 1779, l'air et les eaux ont plus de pureté. Il citait en preuve le pays même qu'il habitait.

Où il y a des bois, les pluies sont plus fréquentes et les rosées plus abondantes.

Il n'y a pas de masses de bois qui n'offrent des sources et plus de fertilité dans le sol.

La moitié du globe est toujours exposée au soleil. La nature, dit Humphri-Davy, s'y sert des végétaux pour produire l'oxigène; mais si la terre, continue-t-il, devient de plus en plus *chauve,* l'air en est altéré là ou là... Le gaz acide carbonique peut en prendre une fatale intensité.

§ VIII.

Les pluies, les rosées, les frimas, les orages portent à la terre l'acide carbonique que tient en réserve l'atmosphère. Ces météores font aussitôt remettre en action les élémens qu'une sécheresse extrême ou qu'un froid rigoureux ont fait interrompre ou neutraliser. C'est après certains météores, au surplus, que les animaux ont plus d'énergie et que la respiration est plus libre, parce que l'air est plus pur.

§ IX.

Dans la grande famille des végétaux, néanmoins, il doit y avoir un mélange ou un assortiment tel, que les espèces et leur élévation soient variées et graduées, depuis le simple osier jusqu'au chêne superbe. Pour en généraliser les influences, il faut qu'il y en ait qui soient à fibres solides et élastiques, comme il faut qu'il y en ait qui soient à pivots, afin de résister aux vents, aux tempêtes et aux rigueurs des saisons, et de soutirer en même temps de l'atmosphère les vapeurs que les vents peuvent porter à de trop grandes hauteurs. Dans l'ordre établi par la nature, il doit y avoir encore des arbustes, des herbages et des gramens qui puissent profiter de la surabondance de l'air et des eaux qu'aspirent les grands arbres : c'est à cette condition qu'il existe une véritable harmonie dans les productions végétales, et un juste équilibre dans leurs rapports. Un sol, en effet, qui n'aurait que des céréales, participerait trop faiblement à la composition et décomposition des élémens que tient l'atmosphère. Ainsi, dans les pays de grande culture, dans ceux de vastes plaines argileuses ou craïeuses, la terre est naturellement plus froide et moins fertile; tandis que, dans les pays bocagers, l'agriculture est plus à l'aise, moins exposée aux météores destructeurs et aux intempéries, et y recèle plus de fermens qui la fertilisent : la terre, en un mot, y est constamment plus occupée à se composer un riche humus. On ne doit pas, d'ailleurs, perdre de vue que l'air pur est partout en raison du nombre et du volume des végétaux.

§ X.

Comme tout ce qui a vie, les végétaux tiennent de la chaleur; les expériences en sont avouées et positives; mais elle est plus considérable dans les végétaux qui sont élevés, amples et âgés. C'est parce qu'ils en recèlent, qu'ils résistent aux fortes gelées. Chaque printemps en signale les effets. Une simple gelée blanche détruit des brindilles nouvelles, quand le tronc résiste au météore : ainsi la vigne perd sa feuillaison, quand le cep noueux et roulé reproduit de nouveaux bourgeons.

La germination seule atteste que le sein de la terre tient de la chaleur; cette chaleur est le signe même du fluide électrique spécialement départi par la nature aux grands végétaux. Sans la chaleur dans le sein de la terre et dans le corps des arbres, il n'y aurait jamais de maturité complète dans les fruits. C'est par la chaleur inhérente que le sein de la terre peut bien accomplir ses fonctions; ce qui n'arrive point quand la grêle en a subitement glacé la superficie. Dans ce cas, le simple agriculteur, qui en sent les conséquences, se hâte, par des labours opportuns, d'y ramener la chaleur, afin de rétablir le cours de la transpiration. Hunter et Buffon ont démontré cette chaleur de la terre par celle que tiennent les arbres, dans nos climats, aux mois d'octobre et de novembre.

On en trouve enfin la preuve dans les mouvemens de nutation des arbres vers le soleil, dont les rayons font le charme de leur existence.

§ XI.

Tout arbre plein de vie est un bienfait de la nature, puisqu'en tel lieu qu'il se trouve il tend à purifier l'air; puisqu'il absorbe ou neutralise les météores excessifs, les orages, les brouillards, les pluies, les gelées, la neige, et qu'il les dispose, pour sa part, à devenir les alimens des autres végétaux, dans tel ordre qu'ils se trouvent.

Où il n'y a pas d'arbres, l'air se charge avec excès des élémens météoriques : les vents alors les chassent au loin; trop légers, ils ne descendent point sur la terre au-dessus de laquelle se sont formés les météores, et le gaz acide carbonique n'est plus dans les proportions qui donnent un air pur.

Francklin, comme Saussure, faisait une grande différence des eaux qui s'élèvent de la mer et de celles d'un continent. L'air et le soleil, disait-il, agitent trop vivement les nuages formés par les vapeurs de l'Océan, qui, plus chargées d'électricité, s'élèvent très-haut dans l'espace; tandis que les vapeurs qui s'élèvent des eaux douces et des végétaux déposent plus facilement leur eau. On peut donc regarder comme une loi de la nature, que les vapeurs qui s'élèvent d'un continent où il y a des bois, y retombent presque toujours, du moins pour la plus grande partie.

§ XII.

Les excès de température ne peuvent être un doute que pour ceux qui vivent étrangers aux besoins de la société, à la vie des champs et aux premières notions de la physique. La première cause en est incontestablement due aux abus des défrichemens et à la destruction des bois, à la suite de laquelle le sol a perdu sa première virtualité et les sources qui le vivifiaient.

La faute capitale des hommes du gouvernement, dans les deux derniers siècles, a été d'abord de ne pas excepter, dans leurs excitations inconsidérées, les montagnes, les sommets et leurs pentes, dont le premier et fatal effet a été, comme l'a dit Dolomieu, d'abaisser le sol des montagnes, de faire entraîner dans les vallées le sol culte qui s'y perpétuait par les arbustes et par les herbes.

Fort des excitations du gouvernement, les égoïstes stupides ou sans frein, pour avoir de l'argent et du blé, se sont livrés partout, avec l'ardeur qui anime les sauvages, à déchirer la superficie des monts, et même à en arracher les arbres, que la nature, dans sa divine prévoyance, y avait fait naître pour rompre la violence des vents, pour y retenir les évaporations et les eaux de pluie, et pour servir d'abris aux contrées inférieures (1). C'est ainsi qu'ont disparu tant de sources qui sortaient des flancs des montagnes, et dont les réservoirs étaient d'autant plus abondans, qu'ils étaient entretenus par des arbres dont les racines et les feuilles favorisaient admirablement le cours et la pérennité (2).

§ XIII.

Tâchons ici de faire agréer à nos financiers, à nos amateurs, si ardens à provoquer le défrichement des bois, et à la fatale Chambre, qui a si indiscrètement laissé aliéner, sans conditions, le reste des bois du beau royaume de France, un modeste cours d'observations agronomiques, telles du moins que la science et l'expérience les ont fait établir : toutefois, nous ne nous abusons pas sur les dispositions des uns et des autres à les accueillir.

Dans la Chambre, les députés, comme leurs devanciers, n'y feront aucune attention ; mais le devoir et la conscience ne commandent pas moins des réflexions sévères. Les uns vont se prévaloir encore de l'ascendant des intérêts privés pour conserver les bois vendus et pour les aménager dans l'avenir ; les autres chercheront à tranquilliser sur les gros arbres des taillis, que le ministre nomme des *futaies;* dans le monde, on se prévaudra du principe d'une liberté illimitée pour couper à blanc-étau les bois qu'on aura payés ; d'autres régleront à leur guise les aménagemens, c'est-à-dire avec ou sans baliveaux ; tous,

(1) De prétendus physiciens ont nié que les arbres sur les monts servissent d'abris, alléguant qu'une si faible hauteur ne pouvait déterminer les effets de la température : selon eux, le froid tomberait du ciel, comme les aérolithes. Mais ces savans équivoques auraient dû savoir que ce sont les vents qui causent les froidures, et que le vent du Nord ne quitte presque pas la surface de la terre. *Aquilo radit terras... agentes frigora ventos.* (Virg.) La science vraie est tout à fait d'accord avec cette observation : *Plantabis sylvam... omnia quippe ruat Boreæ intractabilis ira.* (Rap. *de Hort.*)

(2) Il y a eu, en France, une époque où les étangs étaient trop multipliés ; mais leur desséchement général a été, sous la terreur, une mesure extrême qui, réunie à la destruction des bois et aux défrichemens, met aujourd'hui une grande partie de la France dans le cas de recourir, comme en Italie, à des réservoirs artificiels pour abreuver les bestiaux, pour les irrigations et pour tous les besoins domestiques.

pour laisser faire de l'argent, vendront sans réserves les superficies à l'âge qui leur plaira ; enfin, partout on accueillera les acquéreurs du fonds des bois avec le dessein de le défricher ; les offres d'un prix élevé feront aussitôt sacrifier l'ancien assolement ; ainsi, des écus comptans d'une part, et nulle sollicitude pour le paiement annuel de l'impôt mis sur les bois ; de l'autre, une rente ou récolte *annuelle :* voici à quoi se réduit toute la philosophie des intérêts privés.

§ XIV.

Parmi tous les modes de défrichemens, il n'y en a pas de plus absurde ou de plus barbare que celui de l'*écobuage* ou *fournelage,* qui consiste à incinérer les gazons sur lesquels on *sème du seigle.*

Pour ne pas compromettre ici la déclaration d'un tel blâme, commençons par convenir que cette pratique rurale peut néanmoins quelquefois être utile ou raisonnable, telle que pour des fonds tourbeux ou marécageux, parce qu'alors les cendres alcalines disposent à rendre l'humus soluble, sans lequel il n'y a pas de fécondité.

Cet aveu fait, il reste à faire connaître au vrai les tristes résultats des défrichemens par le *fournelage* ou *écobuage.*

Il ne faut pas être physicien pour concevoir que le feu des fourneaux de l'écobuage dévore toutes les substances animales et végétales qui composaient l'humus ; qu'il détruit toute cohésion à la superficie du sol ; qu'il arrête subitement les transpirations du sein de la terre, qui, dans cet état, ne peut plus jouir des émanations environnantes. Il est de toute évidence encore que la terre, après une si violente épreuve, ne participe plus aux bienfaisances de l'air et des météores, et qu'on la réduit enfin à un état de stérilité indéfinie, puisqu'elle n'est plus, selon la juste expression de la vieille chimie, qu'un *caput mortuum.*

Quoi ! c'est dans un grand état agricole et sous des climats fortunés que la nature s'est plue à embellir et enrichir ; c'est dans un pays qui prétend avoir atteint toutes les sommités des hautes sciences, et qui fourmille d'académiciens, qu'on suit un tel mode, et qu'on pousse encore à présent les agriculteurs à le suivre! Quel homme donc, dans le gouvernement, dans les Chambres, dans le conseil d'Etat, dans les académies ou sociétés savantes, oserait le défendre? On ne peut le croire ; car, outre son absurde, il est encore un *délit public*.

Comme pour la peste, on trouverait infailliblement des avocats ou des partisans qui ne manqueraient pas de dire que l'écobuage se pratique en Angleterre, pays réputé classique pour les perfections de l'agriculture. Cela, j'en conviens, n'est que trop vrai, pour sa gloire et pour sa science agronomique; mais son exemple ne change rien à l'anathême qu'on vient de porter contre l'écobuage. Il faut seulement en tirer la conséquence, qu'en Angleterre, comme en France, les hommes du gouvernement et de la science physique vivent étrangers aux principes sur lesquels se fonde une sage et prospère agriculture. Sous ce rapport, Humphri-Davy et Cuvier seraient de fort mauvais conseillers. L'écobuage, en Albion, est du reste une habitude bien digne d'un pays où il y a une taxe pour les pauvres, où la dîme, la féodalité et toutes les rapacités d'un fisc subalterne menacent le pays d'une révolution de fond en comble, et à laquelle, tous les ans, le peuple prélude par ses alarmes sur les céréales et par ses murmures politiques.

§ XV.

Reprenant la question de la destruction des bois en France, faisons observer d'abord que tous les rois de la troisième race, imitant Charlemagne, s'étaient fait un devoir, dans les intérêts du peuple des champs, alors si pauvre et nécessiteux, de conserver, comme un gage sacré, utile à tous, les eaux et les forêts. Ils n'y voyaient pas seulement les revenus de la couronne : ils y voyaient en outre les causes premières de la fertilité, les besoins généraux de la société, l'ordre habituel de la température, et la conservation de la terre culte dans les pays montueux.

Malgré toutes les lumières qui sont sorties du dix-huitième siècle, et malgré toutes celles que s'attribue fièrement l'Académie des sciences, on ne saurait encore citer un seul ouvrage de physique, d'économie et d'administration qui puisse être comparé à l'ordonnance de 1669, laquelle fut, pendant huit années, rédigée par une élite d'hommes administrateurs et forestiers, désignés par les intendans, et soumis aux choix des Lamoignon et Colbert, et que Louis XIV fit enregistrer lui-même au Parlement de Paris, qui ne la repoussait que parce qu'elle lui ôtait quelques attributions (1).

Rappelons ici l'année calamiteuse de 1709, et faisons observer au gouvernement, ainsi qu'aux hommes de la science physique et des finances, que si, par une circonstance fortuite et qui est toujours dans le cours des temps, la France a vu périr instantanément tant de millions d'arbres forestiers et fruitiers, elle doit plus que jamais s'effrayer de nos systèmes d'administration, sans bornes ni mesures ; elle doit également s'alarmer pour ce qui reste de bois, en voyant la violence continue des hivers et des intempéries, auxquels se réunissent d'autres fléaux qui attaquent les bois dans leurs essences ; elle doit s'alarmer pour les besoins d'une population qui ne fait que s'accroître ; car, depuis quarante ans, les gelées ont fait périr non seulement des châtaigniers, des noyers, mais encore des mûriers, des oliviers (2).

(1) Quand les ministres Peyronnet et Lainé ont voulu répondre aux pétitions insistantes pour un Code rural, ils ont tout simplement réuni des hommes du *parquet de Paris*, tous éminemment Parisiens, et surtout fort obséquieux, comme chacun sait. Ce petit aréopage *intrà muros* a été d'avis que toutes les lois rendues depuis 1789 jusqu'en 1818, suffisaient à l'ordre judiciaire et administratif. M. Lainé se chargea de porter ce jugement de référé à la Chambre des députés, qui fut heureuse elle-même de n'avoir point à s'occuper des ennuyeuses et fatigantes ruralités.

Ainsi, le ministre M. Laffitte, pour vendre les bois, a dit s'être entouré des conservateurs les plus capables, lesquels aussi, pour lui plaire, ou plutôt pour garder leurs places, ont signalé un plus grand nombre d'hectares à vendre qu'il n'en demandait : tel un membre du Sénat, dit *conservateur*, au nom de son corps, offrit à Napoléon cinquante mille conscrits de plus qu'il n'en demandait. Quand donc serons-nous assez sages pour faire prédominer les intérêts de la patrie et de la postérité ?

(2) Fontenelle a fait observer que la gelée de 1709 avait plus spécialement atteint les plus gros arbres, même les forestiers. Elle se signala singulièrement sur les noyers, en laissant sur leurs troncs une fente longitudinale jusqu'aux collets des racines. Réaumur a dit que les chênes qui avaient survécu offraient encore, en 1750, des traces du fatal météore. Où sont nos Réaumur, nos Fontenelle, nos Rozier ? A l'Académie française, peut-être, où, faute de lettrés en France et à Paris, ont été mis Laplace, Cuvier, Fourier, etc., etc.

Si dans nos institutions, qu'on veut républicaines, et dont les hommes dits *républicains* s'occupent le moins, il y avait comme autrefois une magistrature préposée à la conservation des eaux et forêts, de quelles accusations ne retentirait pas la France pour la cause de tant de destructions qui livrent la société, les grandes villes, et surtout la capitale, à toutes les rigueurs des besoins ou des nécessités, et auxquelles on vient de mettre le comble par le fatal système de l'aliénation des forêts de l'Etat, quand, d'après l'expérience de quarante années *consécutives,* les bois nationaux vendus ont été détruits, et que la plus grande partie (de l'aveu du ministre Laffitte) est convertie en humbles taillis à couper tous les dix ans, pour faire des fagots, ou des bûches de foyers, tous les quinze, dix-huit à vingt ans. Mais si un jour on veut revenir aux vrais principes; si enfin la patrie et l'humanité trouvent de justes et nobles défenseurs, et la nation de consciencieux mandataires, on commencera par rétablir la magistrature spéciale des eaux et forêts, et avec une telle indépendance et latitude, qu'elle puisse accomplir sa mission et ses devoirs. Disons encore que nos dignes aïeux y attachaient tant d'importance, que tous les rois avaient assigné aux chambres des eaux et forêts, comme aux parlemens et aux conseils souverains, des *hauts jours* d'audiences publiques et solennelles.

PRINCIPES

ET CONDUITES CONTRAIRES A CEUX DU MINISTÈRE ACTUEL, EN FRANCE ET DANS LES PAYS ÉTRANGERS.

J'AI dû préparer le lecteur sur l'ordre et les principes physiques avoués et jugés par les hommes les plus renommés dans cette partie : je dois maintenant le saisir de quelques faits relatifs dans les pays étrangers ; par ces citations et par celles que la France elle-même va nous offrir, tout bon citoyen pourra mieux apprécier les sinistres effets de la destruction des bois. Les déclarations et les témoignages de la magistrature de la France, qu'on va produire, sont d'ailleurs presque tous officiels et délibérés dans les intérêts de la patrie.

§ Ier.

En 1769, la classe de physique expérimentale de *Berlin* a proposé
un grand prix « sur les moyens de lier entre elles la physique et l'éco-
« nomie rurale, et de rapporter à des principes d'applications l'in-
« fluence de la physique sur les diverses parties de l'économie rurale. »

Une telle sollicitude n'a jamais occupé l'Académie des sciences de
Paris.

§ II.

En 1774, l'Académie de Montpellier a proposé deux grands prix
« sur l'influence des météores relativement à la végétation. »

Ce prix fut décerné au savant Toaldo.

L'année suivante, la même académie en a proposé un autre « sur
« l'électricité des végétaux. »

Il fut remporté par l'abbé Bertholon, que les Etats de Languedoc
s'attachèrent comme physicien météorologiste.

§ III.

Les académies de Bordeaux, de Marseille, de Dijon ont traité le
même sujet ; mais l'Académie des sciences de Paris ne s'en est pas
davantage émue.

§ IV.

En 1776, Francklin a déclaré et démontré « que l'air le plus salubre,
« était celui qu'on respirait auprès des bois. »

§ V.

En 1778, le grand duc de Toscane, que Rozier a signalé comme
le plus réel bienfaiteur de l'agriculture en Europe, a défendu, sous des
peines sévères, de cultiver les sommets des montagnes, et d'en arracher les arbres (1).

---

(1) En Chine, la législation est la même. On ne peut citer de pays où la nationalité soit
plus respectée.

§ VI.

En 1780, l'Angleterre a décerné un prix, dont la médaille avait pour exergue : *Pour avoir semé du gland.*

§ VII.

En 1781, l'académie de Manheim, dirigée par le célèbre Hemmer, a proposé aux académies des sciences de l'Europe « de faire observer « simultanément dans leurs climats respectifs, les principaux évènemens « du ciel et de la terre, et les effets des météores sur la végétation. »

Seize grandes académies accueillirent cette proposition : celle de Paris exceptée (1).

§ VIII.

En 1781, M. de Saint-Sauveur, intendant du Roussillon, écrivait au gouvernement, que les défrichemens perdaient la province et le comté de Foix; que les torrens détruisaient les vallées..... Sur ses représentations, le conseil du roi interdisit les défrichemens des bois et des monts.

§ IX.

En 1787, Rozier, le plus grand agronome de la France, après Olivier de Serres, a dit, dans son cours : « *Encore un demi-siècle,* et « on ne trouvera dans le royaume que les forêts de la couronne et « celles des gens de main-morte. » Que dirait-il aujourd'hui ?

§ X.

En 1817, la Société des sciences naturelles de l'Helvétie, frappée

---

(1) Une trop longue expérience commande impérieusement à un monarque et à son gouvernement, amis de la patrie, de sa gloire et de ses libertés, de donner une autre organisation à l'Académie des sciences ; car il serait difficile d'en concevoir une plus bizarre, plus nulle et plus frustratoire. Chaque section y offre, sans doute, des hommes d'un vrai mérite ; mais est-il sage, est-il convenable de faire délibérer un amateur d'horticulture sur une haute question de géométrie, et un astronome sur une question de médecine vétérinaire ? Toutes les grandes académies méritent en ce sens une refonte, même sous les rapports des honoraires ou indemnités. On peut se donner le temps d'attendre pour celles de l'Académie française et des inscriptions ; mais c'est au nom de l'intérêt public que la France demande à son roi et au gouvernement une Académie des sciences qui soit aussi *une vérité.*

d'un changement dans la température, a proposé un prix, sur ce texte :
« Est-il vrai que depuis un certain nombre d'années, les Hautes-
« Alpes de la Suisse soient devenues plus âpres et plus froides ? »

§ XI.

En 1822, la gelée a non seulement attaqué les *racines* des oliviers dans le Var et les Bouches-du-Rhône, mais, ce qui n'était jamais arrivé, les caroubiers ont gelé à Monaco.

§ XII.

La Provence et le Languedoc en sont réduits à rechercher des amandiers *tardifs* dans les départemens du Nord.

§ XIII.

En Allemagne, et surtout en Autriche, les bois sont tenus en dehors de l'assiette des impôts fonciers. Le préfet de Sambre-et-Meuse a écrit que lorsque le gouvernement de la France y avait assujetti les bois à l'impôt foncier, on s'était aussitôt mis à les défricher.

EXTRAITS

De divers actes administratifs de plusieurs départemens, transmis soit au ministre de l'intérieur, soit aux comités ou conseils d'agriculture, dont l'auteur de ces réflexions faisait partie, sous la présidence de Berthollet, son honorable et constant ami.

BASSES-ALPES. 1792.

« Nos montagnes n'offrent plus qu'un tuf pierreux... Les défriche-
« mens se multiplient... Les plus petits ruisseaux deviennent des tor-
« rens qui perdent les récoltes... Les dégradations des montagnes ont
« principalement pour cause la pratique du fournelage que les arrêts
« du conseil favorisent.

« Depuis Digne jusqu'à Entrevaux, les pentes des plus belles col-
« lines sont mises à nu...; on défriche les bois..... Ne leur doit-on pas
« les sources ? N'est-ce pas le sommet des arbres qui attire les vapeurs ?

« N'est-ce pas auprès des bois que les rosées sont abondantes, que les
« hommes sont forts, les animaux robustes et les eaux salubres ?

« On défriche jusqu'aux sommets, jusqu'aux escarpemens, et les
« habitans emportent en fagots la valeur d'une forêt en espérance. » (*Les
administrateurs du département, au comité d'agriculture.*)

BOUCHES-DU-RHÔNE. 1792.

« On dévaste les forêts des montagnes... Les verreries détruisent les
« pins; on vient d'en couper quarante mille.....

« Pour avoir plus d'herbes, on met le feu aux bois..... On y garde
« les chèvres à bâtons plantés..... » (*Adm.*)

GARD. 1792.

L'ingénieur en chef et les administrateurs :

« On évalue à un million les pertes causées par les torrens..... Les
« bois sont de plus en plus rares.. Les forêts ne sont plus que de vastes
« garigues... L'olivier se dénaturalise du climat; on ne récolte pas la
« dixième partie d'huile que le département produisait autrefois.... »
(*Adm.*)

AUDE. 1792.

« Il y a dans tout le Midi, une fureur de défrichemens; bientôt on
« ne pourra plus nourrir les bestiaux, acquitter les impôts... Où il y a des
« bois, il y a des sources. A Grasse, les oliviers dépérissent... On l'at-
« tribue au dégarniment des montagnes. » (*Le procureur-général.*)

ARDÈCHE. 1793.

« Les sommets des montagnes sont à découvert... Les défrichemens
« perdent les arbres fruitiers..... Beaucoup de châtaigniers ont péri. »
(*Adm.*)

ISÈRE. 1793.

« La destruction des forêts change la température, augmente la sé-
« cheresse, et fait manquer les récoltes... Les défrichemens sont tels
« dans le district de Grenoble, que chaque pluie cause des désastres...

« Les montagnes n'offrent que des rochers nus ; les torrens encom-
« brent les lits des rivières... Il y a infiniment moins de sources... Il
« n'y a plus d'oliviers... On demande une loi contre les défrichemens. »
(*Adm.*)

GARD. 1793.

Trois cents propiétaires du district de Béziers, au ministre de l'intérieur, on dit dans une pétition : « Les trois quarts des oliviers ont
« péri... Les chèvres en rendent la reproduction impossible... Les bois
« arrêtaient l'impétuosité des vents du nord..... Nos forêts sont abat-
« tues, et la perte des oliviers en sera la suite inévitable... Nos mon-
« tagnes n'offrent que des rochers... Depuis vingt ans, surtout, les bois
« disparaissent ; qu'on juge des dégradations de nos montagnes, qui
« ont un pied de pente par toise. » (*Trois cents propriétaires.*)

DRÔME. 1793.

« A Saint-Roman, on arrache les arbres pour défricher..... A Va-
« lence, à Crest, il n'y a plus de bois... Des millions de ravins sil-
« lonnent nos montagnes ; à Montelimart, les bois communaux sont
« pelés. » (*Adm.*)

GARD. 1794.

« On abat les futaies sur les montagnes au nord... Les torrens du
« Vistre et du Vidourle ont causé des dommages évalués à plus d'un
« million. Le Gard, qui s'élève de dix-huit à vingt pieds, détruit
« tout... Les hivers rigoureux font périr les oliviers, et ce qui reste
« est sans vigueur. » (*Adm.*)

LOZÈRE. 1794.

Dans un Mémoire imprimé, les administrateurs disent :
« Par une frénésie coupable, on défriche les bois sur les pentes ;
« et pour une jouissance passagère, on perd à jamais le pays. On re-
« connaît le dépérissement des châtaigniers à mesure qu'on approche
« des monts de la Lozère, qui autrefois étaient couverts de forêts ser-
« vant d'abris contre les vents du nord.

« Les monts de l'Auvergne, qui sont aussi dépouillés (1), laissent
« un libre passage à la bise glaciale, qui détruit l'espérance du culti-
« vateur... On ne voit plus sur les causses un seul buisson... Il y a
« moins de sources; les hommes et les animaux manquent souvent
« d'eau... L'olivier a péri, où il était cultivé... Les fonderies épuisent
« les forêts... Les défrichemens et les troupeaux voyageurs achèvent
« les destructions. » (*Adm.*)

ARRIÉGE. 1795.

« On va par bandes dans les bois, on en fait un métier; il serait
« dangereux de s'y opposer (2). »

PYRÉNÉES ORIENTALES. 1795.

« Les superbes forêts de Ceret et de Prades sont détruites... Les
« rigueurs des saisons ont fait périr les oliviers. » (*Adm.*)

PYRÉNÉES BASSES. 1796.

M. Ramond (3), qui a été de l'Académie des sciences et son président, a dit, dans son ouvrage imprimé sur les Pyrénées (4) :

(1) Il a été présenté à la Société académique de Lyon, en 1818, un titre de 1470, qui
prouve que les plus hautes montagnes d'Auvergne étaient alors couvertes de bois. Que ce fait
serve donc à désabuser certains Scott ou vains gloseurs, qui nient qu'il y ait eu des arbres sur
les monts, et qu'ils y servaient d'abris.

(2) C'est un des pays à *demoiselles*.

(3) M. Ramond, devenu président de l'Académie, et d'ailleurs homme du gouvernement,
comme liquidateur, a refusé net de présenter un Mémoire que j'avais destiné à ce corps savant,
pour lui faire connaître la continuation des excès dans les défrichemens, et les dangers du
projet d'*aliéner les forêts de l'État*. Je dois présumer que cet ancien confrère a été l'interprète
de la jurisprudence de l'Académie, c'est-à-dire, qu'elle n'avait point à se mêler des affaires du
gouvernement. J'ai en vain insisté sur les motifs physiques, économiques, sur l'intérêt de la
patrie et de la postérité; M. Ramond a persisté dans un refus peu digne de son titre et de ses
travaux. Si, de la part de l'Académie, c'est de la condescendance pour le gouvernement, cela
démontre l'abus et le danger de salarier des savans, et de les appeler à des fonctions actives
dans le gouvernement. Quoi qu'il en soit, le silence de l'Académie sur l'immense destruction
des bois, relativement aux influences physiques, est très-coupable : garderait-elle donc le
silence aussi sur l'abolition de la vaccination, relativement à l'humanité ? mais nous en avons
été menacés sous M. Corbières, quand il a vu le Saint-Père abandonner cette heureuse décou-
verte à elle-même.

(4) En 1794, on y a coupé, incendié, défriché douze mille arpens.

« Sur vingt lieues carrées, on ne voit plus d'arbres de quatre à
« cinq mètres de hauteur... La population, faute de bois, est chassée
« des hautes vallées. »

GARONNE HAUTE. 1796.

« On défriche les sommets des montagnes ; on arrache les arbres
« qui nous préservaient des frimas... Les vignobles et les oliviers en
« souffrent ; il n'y reste qu'un tuf pierreux. » (*Agriculteurs de Tou-
louse.*)

GERS. 1796.

« Les débordemens sont désastreux... La Save, cette année, a dé-
« bordé douze fois, et causé une épizootie. » (*Adm.*)

MONT-BLANC. 1797.

« Nos montagnes défrichées n'offrent plus que des rocs décharnés...
« Les chèvres y sont plus nombreuses que les habitans. » (*Adm.*)

SAÔNE-ET-LOIRE. 1797.

« Les défrichemens sont portés au dernier degré. » (*Adm.*)

RHÔNE. 1797.

« Les forêts de Saint-Romé et Basiége ont été vendues ; il y a eu
« de vives réclamations ; le ministre a soutenu les adjudicataires... »
(*Adm.*)

DOUBS. 1797.

« Dans le partage des bois communaux, on a arraché les arbres sur
« les monts et dans les rochers escarpés. » (*Adm.*)

MOSELLE. 1797.

« Les habitans, de leur autorité, ont défriché plus de seize cents
« arpens de bois, et ils en ont brûlé une partie pour faire des cen-
« dres. » (*Adm.*)

VOSGES. 1797.

« Nos montagnes sont dégradées par les défrichemens... Les vents
« y déracinent aujourd'hui les plus gros arbres. » (*Adm.*)

RHIN (HAUT). 1798.

« Les forêts abattues ont changé le climat... Les vents froids font
« périr les fleurs des arbres et de la vigne... La santé de l'homme en
« souffre. » (*Professeur d'histoire naturelle.*)

NORD. 1798.

« L'abattis des bois est au comble ; on les défriche ; un bois natio-
« nal vendu, est aussitôt couvert d'ouvriers qui le rasent. » (*Adm.*)

CÔTE-D'OR. 1798.

« On essarte, on défriche ; *il n'y a plus de futaies*... Le mérein
« manque. » (*Adm.*)

PAS-DE-CALAIS. 1798.

« Il y a partout un grand abattis de bois (1). » (*Adm.*)

DORDOGNE. 1798.

« On a abattu une grande quantité de bois pour l'armée, qui ont
« été aussitôt défrichés. » (*Adm.*)

FINISTÈRE. 1798.

« Les acquéreurs des bois nationaux intentent des procès à ceux
« qui ne défrichent pas (2). A Plougastel, il n'y a pas un buisson main-
« tenant. » (*Adm.*)

SEINE-ET-MARNE. 1798.

« On a vendu et défriché les bois de Pennemont et de Henri. »
(*Adm.*)

EURE-ET-LOIR.

« Les adjudicataires des *biens* nationaux ont abattu toute espèce
« d'arbres, même les fruitiers. » (*Adm.*)

---

(1) Les abattis des bois sur les côtes maritimes, au Nord comme au Midi, sont d'une grande
conséquence pour la température, pour la marine et pour l'agriculture.

(2) Pour comprendre ces procès, il faut faire observer que les acquéreurs qui ont défriché
leur part des bois vendus, laissent leurs cultures exposées au parcours des bestiaux, qui vont
paître dans la partie de bois non défrichée ; qu'ils ne peuvent élever des fossés, parce qu'ils
doivent laisser un libre accès à l'acquéreur de la partie restée en bois.

EXTRAIT

DU RAPPORT FAIT A LA CONVENTION, AU MOIS DE FRUTICDOR AN IV, SUR LES FORÊTS NATIONALES.

La Convention, qui avait dans son sein des hommes d'un grand mérite, surtout pour les sciences physiques et l'économie publique, disait en l'an IV, par l'organe de son rapporteur sur une nouvelle organisation forestière :

« Le sort des forêts est dans nos mains..... Si on les vendait, quel « particulier, quelle famille se priverait pendant trois à quatre géné- « rations de leurs produits?

« Un acquéreur attend avec peine trente ans... En est-il un seul qui « laisserait des bois aménagés en futaies, pour les laisser à un succes- « seur, dont l'*héritier* pourrait à peine jouir dans sa vieillesse?

« Les hautes forêts aliénées par le gouvernement sont tombées sous « le fer de la cupidité : telle sont les forêts de *Machecou et de* « *Princé,* à l'embouchure de la Loire. »

« Proposer la *vente* des bois nationaux, c'est *proposer leur des-* « *truction.* Le père qui aura pu faire un sacrifice à la patrie, trou- « vera-t-il dans son fils ou son héritier le même désintéressement?

« On ne doit pas subordonner les besoins de nos descendans aux « possessions *individuelles...* Il n'y a qu'une nation, qui est immortelle, « qui puisse jouir d'une telle propriété, garder dans sa main les masses « de forêts, qui, par la raison contraire, conviennent moins à des par- « ticuliers.

« La vie de l'homme n'est pas assez longue pour acquérir toutes « les connaissances nécessaires à un bon forestier... Il faut des hommes « qui n'envisagent pas les forêts en *financiers.*

« Toute spéculation en finances se propose des jouissances *promptes,* « la prospérité des forêts, au contraire, exige des *privations.*

« L'administration des forêts dans la main de la régie!! Peut-on

« supposer que des administrateurs élevés dans les bureaux (1), aient
« tout à coup les connaissances pratiques et théoriques qui puissent
« tirer nos forêts du désordre où elles sont plongées?

« Le dixième des forêts de l'ancien domaine est en terres vaines
« et vagues (2).

EXTRAIT

DU RAPPORT FAIT AU TRIBUNAT EN L'AN IX.

« On a ôté les bois à la régie fiscale; car c'est pour améliorer, régé-
« nérer et conserver qu'une administration forestière est établie...

« La régie gagnait à détruire, et rien à conserver... (3).

« Les esprits sont inquiets sur le sort des forêts... »

SOCIÉTÉS D'AGRICULTURE.

DOUBS. 1803.

Cette Société s'expliquant sur le Mémoire du citoyen J.-B. Rougier
Labergerie, qui traitait des abus des défrichemens et de la destruction
des bois, disait :

« Au lieu d'abattre les bois, il serait plus sage d'en planter... Les

(1) Napoléon, qui ne voyait dans ses chefs d'administration et ministres que des gens essentiellement obéissans ou malléables, a fait un grand mal à la France en préposant aux forêts le
vieux chef de bureau Bergon, l'homme le plus étranger à cette partie, et qui y a fait un mal
infini.

(2) Quelles raisons pourrait opposer M. D... à ces pensées ou plutôt à ces maximes, et quoique
au timbre conventionnel ? Il y a eu dans la Chambre de 1831 une bien grande et fatale aberration ; et, sous ce rapport, on gémit de voir cet honorable général taxer de préjugés les défrichemens des bois. S'il daigne lire les faits déjà produits sur les défrichemens et sur la destruction des forêts, il gémira lui-même d'avoir de nouveau poussé la Chambre et le gouvernement à en défricher encore.

(3) Un fatal denier était aussi dévolu aux administrateurs des départemens ; et là, que d'abus
encore pour ordonner des coupes prohibées !

On fit très-bien de les ôter à la régie ; mais il ne fallait pas les donner au ministre des finances.
L'attribution, hélas ! est trop bien jugée : elle convenait plutôt au ministre de l'intérieur, si on
peut dire que ce ministre soit celui de l'agriculture.

« bois se rattachent à la météorologie; ils entretiennent les sources;
« tous les physiciens reconnaissent l'influence des bois pour les pluies
« et les rosées. »

MONT-BLANC. 1813.

« Dans un rapport imprimé, la Société approuve votre Mémoire sur
« les abus des défrichemens. Elle ajoute : « Nos montagnes étaient jadis
« couvertes de bois... Faute d'abris, les vignes perdent leurs qualités
« et leur prix. »

ISÈRE. 1803.

La Société, par l'organe du préfet, disait :

« Les chênes blancs du Var, des Basses - Alpes ont été abattus par
« ordre; en 1799, il y en avait plus de trente mille pieds cubes qui
« sont restés sur place (1). L'espérance pour le mérein est anéantie...
« Comme préfet, continue-t-il, je n'ai cessé d'avertir le ministre de
« l'intérieur de ce triste état de choses pour la marine... Les mûriers
« suffisaient pour payer l'impôt : ils sont arrachés. »

ARDÈCHE. 1803.

« Le préfet et la Société approuvent votre Mémoire sur l'excès des
« défrichemens... Nos montagnes sont cultivées à la pioche... Une sté-
« rilité perpétuelle nous menace. »

PYRÉNÉES-ORIENTALES.

« Votre Mémoire contre les défrichemens est d'une grande utilité.
« J'ai pris, dit le préfet, un arrêté pour les défendre, et je me suis
« fondé sur une loi de 1777, qui faisait règlement. (L'année qui avait
« précédé on y avait coupé, incendié douze mille arpens). »

HÉRAULT. (Montpellier, arrondissement.)

« La Société approuve votre Mémoire sur les abus des défrichemens.
« l'Hérault jadis amenait un limon bienfaisant; aujourd'hui il ne roule
« que du galet... Les oliviers sont presque perdus... La terre végétale

---

(1) La même chose est arrivée dans vingt-cinq départemens : Bergon y a fait abattre, pour
la descente en Angleterre, les arbres les plus beaux et les plus précieux pour la marine ; ils
ont pourri sur place, sur les bords des rivières, ou sur les berges des canaux.

« manque aux sols inclinés... On doit aux défrichemens, les engra-
« vemens, les inondations, le tarissement des sources, les intempéries,
« la disette des bois pour les foyers et pour la marine...Il n'y a plus de
« pluies bienfaisantes au printemps... Qu'avons-nous gagné? la rivière
« d'Uveaune inonde nos plus riches prairies.

« Le préfet (Ch. de la Croix), la Société et le conseil - général ont
« donné une haute approbation à votre Mémoire contre les défriche-
« mens des bois (an iv.) »

STATISTIQUES

PAR LES PRÉFETS DE L'EMPIRE; LEURS NOMS.

PYRÉNÉES (BASSES). 1804.

« Le manque de bois a fait abandonner une mine de fer spathique.
« Le blé qu'on récolte ne suffit pas pour nourrir les habitans; les va-
« riations de l'atmosphère en sont les causes.... Les cimes des mon-
« tagnes, dépourvues de bois, n absorbent plus les eaux...On reconnaît
« l'influence des forêts sur la température...Le département n'est plus
« tempéré dans son climat, qui jadis était si fortuné...On ferait mieux
« de dessécher le marais de Pont-Long. » (*Le général Serviez, préfet.*)

AUDE. 1804.

« Les montagnes n'offrent plus ni pâturages, ni bois, ni productions
« d'aucune espèce...Auprès de Carcassonne, il y a un marais de quatre
« mille arpens... A Sault, les bois ont presque disparu...Depuis 1790,
« les défrichemens se sont excessivement multipliés; chaque sillon
« devient un ravin.

« L'arrondissement de Narbonne était autrefois couvert d'oliviers;
« les hivers de 1788 et de l'an iv les ont presque tous détruits. Au-
« jourd'hui le département tire son huile d'ailleurs..... Le cultivateur
« est découragé, et n'ose faire des plantations. En 1700, sous M. de
« Baville, intendant, on se plaignait de la destruction des bois... Le
« bois de chêne (*ilex aculeata*) est excellent pour les tanneries, dont
« les cuirs, dans le commerce, sont connus sous le nom de *cuirs des*

« *Indes;* mais il devient de plus en plus rare. » (*M. de Barante,* *préfet.*)

(Qu'il ne faut pas confondre avec M. son fils, l'ambassadeur, etc.)

VENDÉE. 1804.

« L'écobuage rend les terres *stériles.....* La marine perd ses res-
« sources. » (*M. Merlet, préfet.*)

ILLE-ET-VILAINE. 1804.

« Les bois ne suffisent plus aux foyers... Les adjudicataires détrui-
« sent les futaies, jusqu'aux avenues, aux buissons... On enlève la terre
« végétale. » (*M. Borie, préfet.*)

LOT-ET-GARONNE. 1804.

« Les brouillards désolent fréquemment les campagnes... On détruit
« les bois; on ne s'occupe pas de les multiplier... Les productions du
« chêne-liége (1) sont déjà réduites à plus du tiers des années pré-
« cédentes..... Les forges à fer coulé ne vont plus que six mois. »
(*M. Pyerre, préfet.*)

VAUCLUSE.. 1804.

« Notre climat n'est bientôt plus reconnaissable; il est presque sem-
« blable à ceux du Nord... L'olivier s'était conservé à l'abri des mon-
« tagnes; la vigne, l'orge et le sainfoin ont pris la place de l'olivier.

« C'est une vérité attestée, qu'autrefois il y avait des forêts de chênes
« blancs, d'yeuses et d'arbres verts; aujourd'hui le déboisement est à
« peu près consommé par les défrichemens..... L'olivier s'est réfugié
« dans quelques anses isolées. La destruction des bois sur la montagne
« en est la cause; les vents du nord y arrivent sans obstacles... Il fau-
« drait un bon code rural. » (*M. Bourdon de Vatry, préfet.*)

DEUX-SÈVRES. 1805.

« Où il y a des forêts, les productions sont plus précoces et plus

---

(1) Pour encourager la culture du chêne-liége, Henri IV avait formellement affranchi cette production de la dîme et de tous droits seigneuriaux. Avec un peu de patriotisme, on favorise-rait la reproduction de cet arbre ; mais le terrible cadastre l'a mis à son index, et, provisoire-ment, à contribution.

« sûres... L'écobuage rend la terre stérile... Il y a des communes sans
« bois. » (*M. Dupin, préfet.*)

MARNE. 1805.

« Il y a des plaines de trois mille hectares sans un seul arbre... On
« arrache les avenues, les buissons, les tertres; on essarte les bouquets
« de bois. » ('*M. de Jessaint, préfet.*)

MONT-BLANC. 1805.

« On demande depuis long - temps le diguement de l'Isère ; le mi-
« nistre ne répond pas; les rivières d'*Aisses,* d'*Albane* perdent les
« plaines qu'elles parcourent... L'armée des Alpes a dépeuplé les fo-
« rêts... La destruction des bois est la cause des avalanches, des torrens,
« des éboulemens. » (*M. Saussai, préfet.*)

LOZÈRE. 1805.

« Les défrichemens dans les pays montueux doivent faire frémir
« les amis de l'humanité et de la patrie... Plus de dépaissance, plus d'ar-
« bres, plus de récoltes... Les torrens occasionnent les plus grands dé-
« gâts dans les Cévennes... A Mende, les gelées pénètrent jusqu'à deux
« pieds de profondeur... Jamais les sécheresses n'ont été plus extrêmes,
« et les gelées du printemps plus désastreuses... On est réduit à faire
« venir des noyers d'espèce tardive, des départemens du Nord..... Le
« vent *marin-blanc* est funeste aux vers à soie. » (*M. Jerphanion,*
préfet.)

ORNE. 1805.

« Les acquéreurs des biens nationaux détruisent toutes les planta-
« tions et jusqu'aux arbres fruitiers... Il y a dix ans, on faisait toujours
« quelques récoltes pour le cidre; en l'an IX, on n'en a pas fait un
« seul tonneau; les anciens ne se rappellent pas une pareille année...
« On a trop présumé que les places de forestiers convenaient à tout le
« monde. » (*M. de Lamadeleine, préfet.*)

TARN. 1805.

« Le mûrier disparaît du sol de Lavaur... Des genêts sont à présent

« dans le sol où étaient les superbes forêts de Grésigne. » (*M. La-marque, préfet.*)

RHIN (BAS). 1805.

« On fait des abattis immenses... En l'an VII, il y en a eu un de
« vingt mille pieds, dans les forêts d'Hagueneau... On a brûlé plus de
« trois cents arpens; il invoque l'ordonnance de 1669. » (*M. Lau-mond, préfet.*)

AISNE. 1805.

« Les bois nationaux vendus par petits lots ont été abattus à Blanc-
« Etau... On entretenait cinq fours à Saint'-Gobain en 1790; on peut
« à peine y en entretenir trois (1). » (*M. Daixchy, préfet.*)

RHÔNE. 1805.

« La température n'est plus la même..... Les vignes ont gelé le
« 23 avril... Où il y a des forêts, il y a des sources et des rivières (2). »
(*M. Verninac, préfet.*)

CHARENTE. 1805.

« Une disette effrayante nous menace... On réclame de toutes parts
« l'ordonnance de 1669... C'est un vœu national. » (*M. Delaistre, préfet.*)

ARRIÉGE. 1805.

L'ingénieur en chef, M. Mercadier, rédacteur :

« Le partage des communaux en pente est une calamité... Les coupes
« paient la valeur du fonds; il est à craindre qu'une partie de ce dé-
« partement ne devienne inhabitable... Les réquisitions pour l'armée
« ont fait faire des coupes désastreuses... A Tarascon, pour avoir plus
« d'herbes, on brûle les taillis... Il n'y a plus de mûriers aux environs
« de Pamiers et de Mirepoix... Le pillage des bois va croissant; il y
« a du danger à s'y opposer (3). » (*M. le Brun, étant préfet.*)

---

(1) Dans la balance du commerce, cette industrie valait trois millions à la France.

(2) On vient de vendre, auprès de Lyon, une forêt en sapins, qui avait neuf lieues de tour. La bande noire a été autorisée à la défricher. « C'est un nouveau désert, » dit un respectable agronome de Lyon, M. C...

(3) Les *demoiselles* sont des sortes de bagaudes. Si nous avions eu un autre gouvernement,

ALPES (HAUTES). 1806.

« Le climat est plus froid..... La température varie plusieurs fois
« dans le jour... Les torrens menacent les villes et les villages... Il
« faudrait encaisser la Durance; une compagnie de Juifs s'était offerte;
« le ministre a refusé l'autorisatian (1)..... Les bois ont disparu des
« montagnes... L'âme est navrée en voyant nos vallées... A Graves,
« on se chauffe avec des bouzes de vaches. » (*M. Bonnaire, préfet.*)

DRÔME. 1806.

« Les défrichemens causent des torrens désastreux... Les terrains
« en pente forment le tiers du sol du département... Il est urgent de
« rendre à la terre son ancienne chevelure... Une forêt de *vingt mille*
« *arpens* a disparu; des hommes encore vivans y ont chassé à la bête
« fauve. » *M. Colin, préfet* (l'ancien ministre du commerce).

SARTHE. 1806.

« Les saisons n'ont plus, comme autrefois, un cours régulier; les
« chaleurs et les froids sont extrêmes... Les chênes blancs en futaies
« sont très-rares. » (*M. Balguerie, préfet.*)

VOSGES. 1806.

« On a trop défriché les bois; les inondations sont plus fréquentes...
« Les droits d'usage sont funestes aux forêts... L'arrondissement d'E-
« pinal est sans sapins... Les forêts de Saint-Dié sont en gaspillage...
« On brûle les futaies; les gardes ruinent les forêts (2), ils en sont

il se serait informé des causes, et il eût fait autrement rédiger le prétendu Code forestier, qui
n'est qu'un emprunt des rigueurs du Code pénal impérial, dont ne cessent de gémir la morale,
la justice, les juges et les administrateurs.

(1) Ces refus et ces indifférences des ministres de l'intérieur pour des travaux d'utilité publique que les bons préfets et les administrés sollicitent de faire à leurs frais, manifestent
l'aberration et les vices profonds de la *centralisation* qu'on s'obstine à maintenir, et qu'un
apprenti-ministre a osé louer... Qu'on y prenne garde ; à force de vouloir tout centraliser à
Paris, il se fera une détente en sens contraire, qui peut amener ou donner à la France une
autre forme de gouvernement.

(2) Lecteurs, vous le voyez, les *gardes* ruinent les bois. Croyez maintenant les miracles
annoncés par les Bergon, les Sylvestre et compagnie ! Mais, seront-ils mieux gardés par les
jeunes élèves de l'Ecole de Nanci, ou *par les intérêts privés ?*

« le fléau ; les administrateurs gagnaient trop à couper et rien à con-
« server... Les Hollandais ont dépouillé notre sol de ses superbes fo-
« rêts. » (*M. Desgouttes, préfet.*)

ALLIER. 1806.

« Depuis quarante ans il n'y a plus de futaies... La température est
« changée par la destruction des bois. » (*M. Huguet, préfet.*)

CHER. 1806.

« Les bois usagers n'offrent plus que des bruyères ; on les incen-
« die. » (*M. Luçai, préfet.*)

GARD. (Nîmes.)

« Nîmes a pris son nom des bois qui l'entouraient, et il n'y a plus
« que des garigues. » (*M. Dubois, préfet.*)

AVEYRON. 1806.

« Les bois ont été rasés par l'avidité des acquéreurs nationaux...
« Les chèvres détruisent toutes les reproductions. » (*M. Monteil,
préfet.*)

MEUSE.

« Les partages des communaux ont fait défricher les bois. » (*M. Loy-
sel, préfet.*)

YONNE. 1806.

« Il n'y a plus de futaies nulle part... Le mérein, les échalas sont
« hors de prix... Partout les sources disparaissent ou tarissent ; des
« hommes d'âge ont vu des moulins tourner auprès de Bourgs, où,
« dans les sécheresses, il y a un ordre de police pour jouir à son tour
« de l'eau d'un puits... Les belles fontaines de Druyes, qui jetaient
« toute l'année par douze bouches, sont réduites à trois... Les bois de
« charpente sont très-rares ; on n'en trouve plus pour les écluses du
« canal de Briare ni pour les perthuis du flottage des bois, qui for-
« ment plus des trois quarts de l'approvisionnement de Paris. » (*M. Rou-
gier-Labergerie, préfet.*)

Toutes ces déclarations, qu'on ne peut arguer de faux, ni même soupçonner d'exagération ou d'esprit de système, peuvent et devraient enfin déterminer la législature et le gouvernement à prendre le contre-pied de la fatale marche qui a été constamment suivie sous la bannière exclusive des théoriciens, depuis 1789 jusqu'en 1831. La patrie, justement alarmée, commande à tout homme de bien, dans telle position qu'il se trouve, d'éclairer le gouvernement et les Chambres par ses avis, par ses écrits, par ses fonctions publiques, et même par celle d'électeur, dont le titre et le but ont été si constamment méconnus. Puisse un magistrat, jouissant de l'estime et de la confiance publique, s'occuper, sous ces rapports, de nous définir le rôle, le devoir et les obligations d'un juste et vrai mandataire, et de faire entendre que si, dans une session législative, un député ne doit consulter que sa conscience, il ne lui est pas loisible néanmoins de sacrifier indéfiniment ce qui constitue l'intérêt national, et surtout celui de la postérité ! J'oserais, par sympathie ou par une profonde estime, proposer une telle explication et définition à M. Bérenger de la Drôme, qui pourrait lui-même connaître quelques hommes sages, hors du théâtre agité de Paris, et rallier ainsi les députations des départemens éloignés, à tout ce qui intéresse la nationalité.

DEUXIÈME PARTIE.

DE L'ÉCONOMIE RURALE ET PUBLIQUE; DE L'INDUSTRIE, ET DES NÉCESSITÉS DOMESTIQUES DANS LES USAGES ET SERVICES DES BOIS.

Il n'y a qu'une voix en France, même de la part du ministre des finances, M. Laffitte, pour dire et proclamer qu'il n'y a plus de futaies (1); cependant les bois d'écarrissage et de fente sont absolument

---

(1) On n'est point d'accord, dans le Vocabulaire commun, ni même dans la langue ministérielle, sur la signification du mot *futaie*, qui, dans la réalité et l'idiome forestier, ne s'applique qu'aux arbres qui, ayant atteint soixante ans, sont aménagés pour devenir *centenaires*. Les plus vieilles écorces des taillis, les arbres corniers ou de parois ne sont point des futaies. Dans quelques pays, on nomme *gaulis* des bois de l'âge de quarante à cinquante ans.

nécessaires aux chantiers de la marine. A un tel besoin se rattachent, on le sent d'avance, l'indépendance nationale, la sécurité du commerce, le cours et les progrès de l'industrie, la navigation intérieure, l'architecture des villes et surtout celle des campagnes, les canaux et leurs écluses, les mines, les défenses des places fortes, etc.

En 1785, quand il y avait plus de dix millions d'arpens de bois, dont une grande partie était en futaies ou réserves pour cet aménagement, l'Académie d'architecture déclara au gouvernement que les bois de charpente devenaient de plus en plus rares et chers.

Nos théoriciens, qui n'ont que de l'esprit ou de la mémoire, opposeront l'invention des charpentes en fer ; mais outre que ces charpentes sont extrêmement chères, elles exigent en outre de plus fortes dimensions dans les fondations et les murs. Déjà même des bâtimens se sont affaissés sous le poids de telles charges. La garantie contre les incendies n'est pas un motif suffisant pour les adopter ; car il est prouvé que si un bâtiment de la sorte est atteint par les flammes, il dépérit ou s'écroule : il exige alors une prompte reconstruction ; ce qui est arrivé il y a quatre ans au Palais-Royal.

L'emploi du bois de charpente est immense en France ; et de l'aveu du ministre M. Laffitte, on a mis et met tous les bois en taillis à couper tous les quinze à vingt ans. Que ce mot ou ce fait trop réel suffise donc pour faire changer la fatale doctrine que le gouvernement et les Chambres viennent de consacrer sur la vente de trois cent mille nouveaux hectares des bois de l'Etat.

Depuis longues années les propriétaires de vignes se désolent de la rareté et cherté des bois d'œuvres, pour la confection annuelle des tonneaux, qui, dans les plus riches et grands vignobles, doivent être *neufs,* pour recevoir les vins nouveaux ; ce que l'œnologie et l'expérience commandent également.

Les théoriciens de Paris, sur la foi du maître, M. Chaptal, s'ils sont nés dans le Berri ou dans le Poitou, à Surenne, à Sens ou à Troyes, opposeront à cette condition absolue du commerce, l'usage de fait, des vieux tonneaux qui servent, diront-ils, pendant trois à quatre générations pour mettre leurs vins de chaque année ; on en trouverait même qui préféreraient les vieux tonneaux aux neufs : c'est un point sur lequel M. Chaptal devrait bien s'expliquer, pour sa propre réputation.

La Haute-Bourgogne, les vignobles de l'Yonne, du Dauphiné, du Bordelais (1), etc., sont mis tous les ans à contribution forcée pour le prix du mérein neuf. Il en est de même du Languedoc, de l'Angoumois, et de tous les vignobles riches en eau-de-vie, dont les fûts aussi doivent être neufs, et dont le commerce est si important pour la France.

Les bois d'œuvres sont encore de nécessité pour les cuves et les pressoirs. La théorie, que rien n'arrête, offrira des cuves en pierre ou en béton ; mais cette innovation, qui n'est due qu'à la rareté du grand mérein en chêne, n'a fait fortune ni dans la Haute et Basse - Bourgogne, ni dans le Bordelais : s'il y a quelques exceptions, c'est pour les vins qu'on destine à convertir en eau-de-vie.

Dans les grands vignobles encore, la culture de la vigne souffre beaucoup de la cherté du bois de fente pour les échalas et les perches. Depuis cinquante ans, la Haute-Bourgogne ne se sert que de baguettes de coudriers ou d'érables, qu'il faut renouveler tous les ans : mais, si on le désire, la théorie est toute prête à faire changer même les modes de culture, comme elle a proposé de faire établir une synonymie de tous les cépages de nos vignobles, en les réunissant au jardin potager du Luxembourg, à Paris, comme elle a proposé de faire d'excellens vins de Bourgogne avec du raisin de treilles pris à Paris, par le moyen du sucre et de l'alcool. Une telle théorie pourtant est sortie d'un membre de l'Académie des sciences ! D'autres pourront conseiller de faire ramper la vigne ; ils citeront même des faits, et le vignoble d'où sort la meilleure eau-de-vie du monde (2).

(1) En 1829, un propriétaire des environs de Bordeaux, pressé par son marchand de mérein de payer sa fourniture, lui offrit en paiement non seulement les tonneaux qui avaient été faits avec son mérein, mais encore le vin qui était dedans. Le marchand refusa la proposition.

(2) Ce fait, qui n'est pas contesté, même à Montpellier, prouve bien que c'est moins l'art que la qualité du terrain qui fait les vins et les eaux-de-vie d'un grand prix.

Le tan, malgré la seguinomancie, est essentiellement nécessaire à la préparation du cuir. Le procédé Seguin n'était au fond qu'un tanine ; mais l'auteur trouva moyen d'intéresser en sa faveur le gouvernement, et, il faut bien en faire l'aveu, d'illustres savans de l'Académie. L'auteur a ainsi gagné des millions qui se débattent aujourd'hui entre deux hommes trop connus et dignes l'un de l'autre. L'emploi du tan, quoi qu'on dise et fasse, est nécessaire à un genre d'industrie qui vaut peut-être encore plus de millions à la France que le coton. Le tan de chêne devient extrêmement rare et cher : il faut au brin du bois qui le donne un certain âge qu'il atteint rarement. La matière première, on vient de le voir, en diminue partout. Le commerce des bois même et le consommateur rebutent les bois écorcés. Il est très-rare d'ailleurs que les propriétaires permettent l'écorcement. L'opération en était défendue autrefois dans les bois de l'Etat.

Il y a eu sur les moyens de suppléer au tan des recettes nombreuses données par la théorie ; mais l'expérience a fait triompher le tan de chêne : il serait difficile aujourd'hui d'en faire départir les tanneurs. Que le gouvernement prenne donc en sérieuse et prompte considération le sort de cette industrie, qui, infailliblement, passera dans l'étranger, duquel nous viennent déjà tant de cuirs verts.

Le mûrier couvrait de grands espaces dans le midi et le centre de la France : il en a disparu sous le règne de la terreur, où il ne fallait plus que de la laine, du fer et du pain. Le nombre des mûriers est infiniment inférieur aux besoins de l'industrie. Non seulement le mûrier manque à la nourriture du ver à soie, mais, tous les ans, au littoral même de la Méditerranée, les intempéries détruisent les feuilles ; nos ateliers en souffrent, et l'étranger en profite.

La fatale théorie encore n'est point restée à court pour suppléer la feuille du mûrier par d'autres feuilles ou par des ingrédiens. Ainsi, M. Thouin, qui n'était qu'un jardinier de luxe, que, par philosophie ou par contradiction, M. de Buffon avait fait membre de l'Académie des sciences, a proposé, dans ses leçons et ses cours, des feuilles de malvacées pour nourrir le ver à soie. Ce trait seul aurait dû éclairer un ministre de l'intérieur sur la science vraie de l'académicien; mais, au contraire, tous les ministres, dont le nombre est de trente au moins depuis 1789, ont fait de M. Thouin un professeur d'agriculture universelle, lui qui ne connaissait ni la France, ni ses climats, ni ses terrains, et que tous les ans néanmoins des milliers de jeunes gens, *fils de propriétaires fonciers,* venaient entendre comme un oracle. On laisse à penser quelle science ils ont emportée dans leurs familles pour faire prospérer l'agriculture (1).

C'est encore à M. Thouin que nos divers ministres de l'intérieur se sont adressés pour former des pépinières dans tous les départemens. De tels recours ou attributions font pitié; car la formation d'une pépinière exige de grandes connaissances locales pour les terrains, pour les variétés des espèces, pour les modes que les climats ont fait déterminer, et pour le débit ou l'emploi des bois dans chaque œuvre. Quand cessera-t-on donc d'improviser des ministres, des académiciens et des professeurs? C'est encore là un chapitre qui met à nu la mauvaise ou vicieuse organisation de notre gouvernement, dans lequel la politique seule ou les partis, et non la science exercée, propre à chacun, fait déterminer les choix. Mais n'embrassons pas ici toute la question de fait, et ne la considérons que relativement à l'agriculture, dont la théorie est devenue un véritable fléau. Toutefois, je fais très-volontiers l'aveu, que nulle science n'est vraie, utile et féconde, qu'autant qu'elle est éclairée par le double flambeau du raisonnement et de l'expérience; mais il n'en est pas ainsi pour l'agriculture dans la capitale, où la théorie la plus vaine prétend diriger le gouvernement et la France entière. N'est-il pas étrange, bizarre et inconcevable que, dans un Etat aussi positivement et généralement agricole, où le domaine des sciences, l'industrie, le commerce et même le crédit public se rapportent si essentiellement à l'agriculture, il ne se trouve pas dans toute la section d'économie rurale de l'Académie des sciences, ni

(1) M. Mirbel tient aujourd'hui la chaire de M. Thouin ; et ce savant n'a jamais été qu'un simple et exclusif botaniste. C'est ainsi que notre gouvernement assigne les places qui exigent des connaissances pratiques... Fera-t-on mieux dans la suite?

même dans la Société qui se dit et se proclame centrale et normale dans l'art de cultiver la terre, qu'il ne se trouve pas, dis-je, un seul agriculteur exercé par une pratique connue dans les pays de grande ou de petite culture ?

Je m'abstiens, par convenance, de dire les noms et les titres de ceux qui la composent; mais, si le gouvernement a le dessein de les juger, qu'il se fasse rendre compte seulement des prix qu'elle propose depuis vingt ans, de ses vues et de ses succès, de ses excitations ou rapports sur les jachères, sur son système de fécondité perpétuelle, sur les assolemens, sur les incisions annulaires à la vigne, sur le mode Cristian pour le chanvre et le lin, sur les mérinos, les chèvres de Cachemire, sur la vinification, sur les charançons, sur les topinambours, etc. Le moindre rapport sommaire établi sur des faits suffirait pour démontrer à un digne ministre de l'intérieur tous les dangers de la vaine et fausse théorie qui y domine.

On crie boucoup à Paris contre la routine; mais elle a fait infiniment moins de mal que la théorie. Il est heureux même que, dans les départemens, on ait su résister à toutes ses insinuations et à ses affirmatives; il est heureux encore qu'il y ait un grand nombre de bons agriculteurs que l'expérience seule éclaire. Il y a sans doute aussi des agronomes fort distingués qui écrivent; mais, jusqu'à présent, leur influence n'a pu prévaloir contre la composition bigarrée des théoriciens de la Société d'agriculture de Paris, que tous les ministres de l'intérieur, dans leurs discours, ont eu l'imprudence de louer et d'accréditer pour des choses fausses, ridicules ou mensongères.

Combien pourtant un sage et vrai ministre de l'intérieur pourrait être utile et favoriser la prospérité de l'agriculture !

OBSERVATIONS

SUR LE DISCOURS DE M. LE MINISTRE LAFFITTE, RELATIVEMENT A LA VENTE NOUVELLE DE 300,000 HECTARES (1) DES BOIS DE L'ÉTAT.

Abordons maintenant et franchement le discours du ministre des

(1) Tous les agens du gouvernement, et principalement les ministres, essentiellement ou.

finances à la Chambre des députés, sur la vente nouvelle de trois cent mille hectares des bois de l'Etat ; il a dit :

« Avons-nous le droit de disposer de nos bois ?

« Le sol forestier ne souffrira-t-il pas d'une aliénation ? »

Sur la première question, nous demanderons à notre tour si un ministre, dans une session législative, a le droit de proposer ce que la nation elle-même ne pourrait transmettre ou s'attribuer, même en champ de mai ; car elle ne peut ni ne doit sacrifier les biens actuels, acquis à la société, et moins encore ceux de la postérité ; car il ne peut être permis, devant Dieu et les hommes, d'intervertir le cours des choses établi visiblement par le maître d'en-haut.

Sur la seconde question, on vient de voir que les bois fixent et constituent essentiellement les eaux, la salubrité de l'air et la fertilité du sol. La société y trouvant en outre ses besoins de nécessités, ses bienfaits de tous les instans et les charmes de la vie, ce serait un crime social et politique de les détruire.

> . . . . *Natas in publica mentes*
> *Commoda, sepositis scelus est sibi vivere curis.* (Prœd. Rustic.)

Une session, en raisonnant par analogie, aurait-elle le droit de vendre, par exemple, le fonds des fleuves, des rivières ou les sources, d'en changer le cours, pour les exploiter financièrement à titre de péages ou de tarifs ? Une nation, telle forte ou puissante que les circonstances l'aient faite, aurait-elle le droit de s'attribuer le monopole des mers ou des airs ? Mais ne perdons pas de vue qu'une session, d'après nos lois constitutionnelles, a le droit de changer ce qu'une autre aura fait. Prédisons donc, sans être un Calchas, que ce siècle ne finira pas sans qu'on en revienne, et plus sévèrement encore, aux

forcément bureaucrates, affectent de se servir du mot *hectare*, au lieu du mot *arpent*, qui du moins est *français* d'origine. Napoléon, qu'on remet aujourd'hui sur le pinacle, avait senti toute l'inconvenance ou le vice de la scientification métrique ; il en avait francisé une grande partie. Mais on reprend les rigueurs officielles, parce qu'il y a des places à donner et des cliens à se faire ; et on se met encore ainsi en dehors de toutes les transactions populaires, afin de se faire une police inquisitoriale et des amendes. La Cour suprême de justice a même déclaré *faux* les anciens poids, et les détenteurs, passibles de la condamnation relative.

principes et aux sages mesures de l'ordonnance de 1669. Il ne faut pas même douter, attendu l'état actuel des choses, qu'on n'achète ou ne rachète incessamment les parties de bois qui sont ou pourront devenir le plus promptement des futaies propres aux constructions navales. Ainsi, les ministres de Louis XIV, qui ne dédaignaient pas de prêter l'oreille aux chefs constructeurs de la marine, firent acheter la belle forêt de *Craon,* parce que le chêne qui en provenait était le meilleur et l'unique, peut-être, qui supportât sans éclater les boulets de canon ; parce que, dans les fortes constructions, le chêne de Bretagne est infiniment supérieur à ceux des forêts du Nord. Cette pensée avait traversé la Manche ; car, en 1764, Fischer, charpentier de navires à Liverpool, avait déclaré au gouvernement que le *cœur de chêne* était le boulevard britannique : la marine anglaise en a fait un aphorisme politique que nos hommes d'Etat et ceux des Chambres ne comprennent donc pas.

Si, en 1789, au lieu de perdre six mois à discuter ou établir les *Droits de l'Homme,* on avait pris le temps de constituer le nouveau gouvernement sur des bases nationales, nous aurions vu, dans ces derniers jours, les ministres de l'intérieur et de la marine, chacun en droit soi, faire une juste opposition à la dernière proposition du ministre des finances. Le régent-duc d'Orléans, que, par ton traditionnel, on calomnie encore, avait eu le courage civique de faire rentrer dans le domaine de l'Etat tous les bois qui se trouvaient engagés ou aliénés. Faut-il donc s'étonner qu'il ait eu pour ennemis le haut clergé et les courtisans ? C'est le régent encore qui a donné une plus sage et plus ample garantie à la conservation des eaux et forêts ; c'est le régent qui préféra la voie de l'emprunt à celle de l'aliénation (1) ; c'est au régent, enfin, que la France a dû ses grandes et belles routes avec une double rangée d'arbres séculaires, que les hommes compétens de la restauration viennent de livrer si nonchalamment à la cognée de l'égoïsme, se contentant, comme nos économistes

(1) La compagnie des Indes eut confiance en lui : elle se chargea de fournir les fonds de l'emprunt.

du jour, de l'argument de *l'intérêt privé* pour en replanter d'autres, sans considérer que les riverains repoussent partout les arbres nouveaux qui doivent obombrer leurs moissons.... Nouveau motif de regrets pour la destruction des bois.

« On tremble, dit le ministre, pour la conservation de cette masse « de bois, parce qu'on suppose à tout le monde la volonté d'abattre « et de défricher : cette crainte n'est pas fondée. »

Depuis qu'on a mis des bois nationaux en vente, il n'y en a pas eu une seule un peu considérable, que l'acquéreur n'en ait préalablement fait examiner la position relativement, 1° à la division par lots moyens et minimes, comme un sûr expédient pour faire des écus; 2° aux débouchés; 3° aux chances des défrichemens; 4° au taux déterminé par l'impôt cadastral; 5° à toutes les ressources que pourrait offrir la superficie entièrement rasée, afin de payer plus sûrement, comme dit le proverbe anglais, l'oie par la plume.

En combattant ici l'opinion de M. Laffitte, je suis loin de vouloir jeter de la défaveur sur ses principes, car j'honore son caractère et surtout son civisme; mais je dois faire prédominer les intérêts de la patrie. La série des faits déjà cités, et ceux qui vont suivre, combattent assez victorieusement la mesure qu'il propose et les motifs qu'il en donne : car, sous les rapports de la science physique, ce n'est point ici un système sur l'attraction, sur l'influence des astres, ou sur l'os hyoïde; ce n'est point encore une cause de palais entre des avocats et le ministère sur les tendances, car on ne pourrait citer de réalités plus positives que celles qu'on vient de dire et d'expliquer relativement à l'influence des bois. La question économique donnera bientôt la même évidence.

Il n'est que trop vrai, en philosophie comme en sociabilité, que l'agio des finances et que l'agiotage ont tout à fait changé le caractère du propriétaire foncier en France; que l'esprit de calcul a pénétré dans toutes les classes, et qu'il en résulte un fatal égoïsme.

Le cadastre parcellaire est survenu : s'annonçant comme un grand régulateur de toutes les possessions foncières, et comme un répartiteur infaillible, il a jeté un immense filet de triangles sur toutes les parties du territoire actif et passif; et, semblable à un législateur suprême, il s'est fait juge des alivremens de tous les terrains, comme de tous les produits des champs, qu'il a partout exagérés et forcés. Procédant d'ailleurs sous les auspices du gouvernement, tous les propriétaires ont été amenés dès-lors à calculer la jouissance de leurs bois; ils ont vu qu'en gardant un bois d'héritage ou d'acquisition nationale pendant quinze, vingt à trente ans, qu'en payant l'impôt annuel, et y comprenant les intérêts de chaque somme annuelle, ils auraient à donner une somme à peu près équivalente à la valeur de la coupe éventuelle, et que, tout considéré, ils ne faisaient en quelque sorte qu'acheter du gouvernement la permission de couper, plus tôt ou plus tard, leurs propres bois.

Quant aux défrichemens, les bandes noires, partout, se sont fait une règle de diviser les grandes masses en petits lots, pour s'assurer par-là des métalliques. Ces divisions, connues et publiées, ont fait surgir une foule d'adjudicataires de troisième main, pour les fonds de bois et afin de les défricher : ceux-là du moins, bien assurés de la fertilité d'un sol que des siècles avaient enrichi d'un humus profond, ont à leur tour calculé qu'en abandonnant aux ouvriers les souches et les racines des bois, ils en opéreraient sans frais le défrichement; qu'en s'y prenant ainsi, ils se donneraient des moissons annuelles, abondantes et sûres; tandis qu'en gardant leurs lopins de bois, ils auraient à payer un impôt annuel très-lourd, et sans la certitude encore d'une jouissance personnelle après vingt-cinq ou trente ans de garde et de frais.

Pour prouver tout l'extrême de l'alivrement *des bois* par le cadastre parcellaire, tel qu'il est *officiellement* inscrit, citons les évaluations de quelques départemens :

Dans l'Aisne, le revenu *moyen* est évalué à 34 fr.

Dans le Nord, à 40

Dans l'Aube, à 37

Dans Seine-et-Oise, à 42

Quel propriétaire qui n'a point ses bois en coupes réglées, peut résister à un tel alivrement imposé par des agens du fisc, qui d'*avance* devaient être étrangers à chaque glèbe ?

Afin de juger mieux des entreprises hardies des cadastriers, je vais mettre sous les yeux du lecteur quelques articles du parcellaire *officiel :* les titres seuls suffiront pour en apprécier les effets.

Les futaies.

« *La plus-value* que les bois de hautes futaies acquièrent sur les « bois taillis... Ces bois doivent être compris dans les expertises et les « matrices du cadastre sur le même pied que ceux qui se trouvent *en* « *taillis* dans la commune, ou dans les communes *voisines*. » (Article 368.)

Terrains mêlés d'arbres.

« Les terrains sur lesquels se trouvent des arbres *forestiers,* soit « épars, soit en bordures, sont évalués à leur taux naturel... Le sol « occupé par les *arbres* doit, dans tous les cas, être évalué. » (Art. 363.)

Châtaigneraies, olivets, mûriers.

« Les châtaigneraies, olivets, plants de mûriers... doivent être éva- « lués, en estimant d'abord la culture dominante, et y ajoutant les « produits des cultures accessoires, s'il s'en trouve. » (Art. 375.)

Cultures mêlées.

« Les terrains qui contiennent à la fois diverses productions, telles « que terres ou prés mêlés de vignes ou d'arbres..., doivent être éva- « lués en réunissant les divers produits. » (Art. 374.)

Arbres fruitiers épars.

« ..... Les terrains mêlés de *plantations,* sous les dénominations de « *labours plantés,* de *prés plantés,* doivent faire l'objet d'une classi- « fication particulière. » (Art. 364.)

Peut-on mettre en doute maintenant que le cadastre parcellaire, qui poursuit avec tant de rigueur et d'amplitude les bois et les *planta-*

tions, ne porte pas invinciblement les propriétaires à substituer des produits annuels à des produits d'avenir lointain, et si chèrement payés d'avance; à convertir des récoltes de fruits, souvent fautives, en récoltes de céréales annuelles ou semestrielles, afin d'opposer du moins un produit tel quel à la taxe impitoyable de l'impôt du cadastre? Voilà donc les raisons ou les motifs des immenses défrichemens des bois; voilà donc bien réellement, messieurs les orateurs du gouvernement, votre influence *des intérêts privés.*

On se plaît à croire que M. Laffitte n'a pas connu ces articles et leurs conséquences. Mais, que faut-il penser de la Chambre des députés, qui, ayant condamné l'exécution ou la continuation de ce cadastre en 1826, l'autorise néanmoins, chaque année, par départemens, si les conseils généraux en votent la dépense? que faut-il penser des ministres des finances et des Chambres qui ont voté et votent encore des fonds à donner par les contribuables, quand il n'y a pas même de loi spéciale qui autorise le cadastre, lequel a coûté déjà tant de millions frustratoires? car il est manifestement impossible que ses élémens puissent servir, quand un vrai cadastre national sera délibéré et mis à exécution.

Le ministre M. Laffitte a fait l'aveu

« Que presque tous les bois ont été convertis en taillis sous futaies,
« pour être coupés tous les vingt ans, et servir de combustibles.....
« Le penchant aux défrichemens, dit-il, a été dès lors fort diminué. »

Les articles que je viens de citer, et les motifs qui en ont été déduits, ne répondent que trop au ministre et à la Chambre, pour lesquels, expérience faite, les détails et les soins de l'économie publique sont, comme pour toutes les Chambres déjà passées, des choses fastidieuses (1).

« Tout prouve, dit encore le ministre, qu'on a presque autant re-
« boisé qu'on a défriché : l'administration peut en juger par la somme
« de plants qu'on lui achète chaque année, et par ceux qu'on tire des

---

(1) A la première question sur des aliénations de forêts, un membre influent de la Chambre des députés s'écria avec humeur : « En voilà bien assez sur vos forêts! »

« bois des communes et des particuliers. Le sol forestier n'a donc rien
« à craindre d'une aliénation. »

Il faut être bien étranger à ce qui se passe hors des villes et aux
moyens de repeupler les bois, pour tenir un tel langage à la tribune
nationale d'un grand Etat agricole. Mais, quelles sortes d'arbres a-t-on
donc plantés? des peupliers, des acacias, arbres éphémères et justement décriés, les uns par l'ombre qu'ils projettent au loin sur le sol
cultivé qu'ils entourent, et les autres par l'affamement de leurs racines :
ils ne sont à leur juste place que dans les jardins d'agrément, où le
peuplier d'Italie (1) forme des aspects pittoresques, où l'acacia, par
le ton et l'élégance de son feuillage, offre des nuances d'une verdure
plus agréable. On a planté encore quelques arbres verts et des bouleaux ; on a planté des saules où il y a des eaux, des châtaigniers pour
faire des cercles, des treillages ou des échalas à la vigne. (Le maron-
nier d'Inde n'est plus de mode.) Mais pourrait-on citer des espèces
séculaires (2), ou même des recépages aux lisières des grands bois
que les bestiaux ont mis en broussailles? Peut-on donc abuser ou
s'abuser à ce point sur des choses de fait qui font gémir, et que le cadastre opprime partout sous le prétexte d'un revenu effectif ou *pos-
sible !* car ce dernier mot fait toute la loi judaïque des cadastriers.

L'argument des plants achetés ou vendus prouve seulement un
autre genre de dilapidation dans les bois, soit par le gouvernement,
qui le permet ou le commande, soit par les gardes, qui s'y livrent ;
car c'est dépeupler la terre des reproductions que fait la nature ; c'est,
en outre, porter les gardes à se faire marchands ou maraudeurs. Abré-
geons sur l'immoralité du moyen, et disons sciemment et hautement

(1) Combien les peupliers d'Italie, par leurs racines, leur hauteur et leur ombre, ont perdu
d'excellens prés !

(2) Les municipes de Paris sont les dignes échos de la théorie dominante. Quels arbres ont-
ils plantés après l'abattis mémorable des journées de juillet? Des peupliers, parce que c'est
l'arbre consacré à Hercule ; mais on n'en verra jamais la deuxième feuille : lecteurs, prenez-
en note.

Mais, si le digne préfet de Paris, M. de Bondi, veut rendre aux boulevards leur première
beauté, il en donnera les plantations à l'entreprise et à l'entretien, en autorisant toutefois
quelques mesures de police relative.

qu'on ne forme pas des bois avec des *plants*, mais avec des *semis :*
Nam certiùs de glande... altiùs in terram... non venti, non por-
cellæ...

    « *Convellent : altis adeò radicibus hæret.* »

            (Præd. Rustic.)

Serait - ce donc la Société de l'agriculture parisienne qui aurait
transmis ce thème tout fait au ministère des finances? On serait tenté
de le croire; car, en 1809, en séance publique, M. Sylvestre, qui en
est le digne secrétaire perpétuel, et de plus aussi de l'Académie des
sciences, a fait un très-brillant rapport sur l'immensité des plantations qui se faisaient en France. Il disait, sous la présidence de
M. François de Neufchâteau, et en présence de M. Bergon, direc-
teur-général des forêts, que « jamais la France n'était parvenue à un
« plus haut degré de prospérité. » Pour le prouver, il apprenait que
« déjà seize millions d'arbres avaient été plantés sur les routes et dans
« les bois impériaux; que cinq millions cent cinquante-deux mille
« mètres de fossés avaient été faits dans les bois; que cent pépinières
« avaient été établies, et que deux cent cinquante-cinq mille hec-
« tares de bois avaient été *aménagés...* » Il ajoutait : « Des voyageurs,
« en ce moment, parcourent le globe pour rapporter des *germes* nou-
« veaux... Déjà M. Thouin, notre confrère (il aurait pu dire notre
« compère), a reçu, pour la *multiplication, cent trente espèces d'ar-*
« *bres futaies* (1)... » Tout cela n'est que du discours ou de la phrase,
et n'est pas plus réel que les mille hectares de bois que le marquis
du T... venait de planter dans une lande de Bretagne.

Mais ce qui passe toute croyauce, ou permission de parler au nom
du gouvernement, c'est que tous ces immenses travaux proclamés par
M. Sylvestre, et encensés par M. François de Neufchâteau, ont été
exécutés gratuitement par de simples gardes forestiers, auxquels on a
distribué des médailles, entr'autres à un vétéran de la Meuse, qui,
quoique blessé grièvement, avait lui seul *planté*, et sans doute arra-

___

(1) Comme s'il y avait, pour la France, de meilleures et plus belles futaies que celles du
chêne.

ché, deux cent quarante-quatre mille cinq cent quarante plants, lesquels avaient garni vingt-deux arpens ; et qu'en 1818, le même avait
labouré, biné, esherbé une partie de forêt, dans laquelle il avait semé
vingt-cinq doubles décalitres de glands : tout cela par zèle et *gratuitement*. Il faut convenir que les agronomes parisiens sont bien crédules ou audacieux en phrases, pour oser proclamer de tels men-
songes.

Le ministre dit encore :

« Les futaies pleines ne sont pas du goût des propriétaires, parce
« qu'elles sont aménagées à cent cinquante ans. »

C'est, d'abord, une erreur pour l'âge. Depuis Henri III, les futaies
étaient aménagées à cent ans : cette règle avait pour cause la juste et
vraie maturité du chêne. Au-delà de cet âge, la fibre est moins forte
et moins vive ; car ce roi des arbres de nos climats subit aussi la loi
de la vieillesse : c'est, du reste, un point de fait établi dans les chantiers de la marine.

Le ministre offre, en compensation des *futaies pleines,* les *futaies
sous taillis;* mais c'est une erreur de la similitude du mot, qui dif-
fère essentiellement dans la chose ; car il y a un grand vice dans l'emploi des futaies ou vieilles écorces sous taillis, en ce qu'elles ne sont
pas propres à faire certaines pièces de force dans les constructions
navales. Leurs fibres n'ont point la longitudinité, ni l'élasticité de
celles qui proviennent de futaies pleines et libres; elles ont encore le
défaut de ne pas se prêter à la fente pour certaines mises en œuvres.

« On pourrait, dit le ministre, imposer à l'administration l'obli-
« gation de mettre en futaies deux cent mille hectares. »

Mais qui garantira la mise en futaies de deux cent mille arpens ?
Dans un pays constitué de manière qu'il suffit d'un orateur de circonstance, plus familier avec les armes qu'avec les principes de l'agriculture, de faire vendre incontinent les vieux bois aménagés, et d'en
provoquer le défrichement. Qui pourrait compter d'ailleurs sur une
telle obligation de la part même des ministres et des administrateurs,
qui changent, comme les officiers de garnisons ? Quand il est do fait

que, sous l'empire même de l'ordonnance de 1669, M. de Bondoux, célèbre forestier, a déclaré, en 1779, qu'il n'y avait pas en France deux cent mille arpens en futaies; quand l'Assemblée constituante a déclaré que, pour subvenir aux besoins de la marine sur les deux mers, il fallait tenir en réserve un millions d'arpens de hauts bois.

Le ministre semble croire pourtant que ses deux cent mille hectares suffiraient à tous les besoins de la marine; mais on avoue qu'il faut, année moyenne, plus de cinq millions de pieds cubes; dans l'année même 1830, il a fallu s'approvisionner de cent cinquante mille sept cents stères, et de seize mille sept cents pièces ou poutres.

Les financiers nous opposeraient-ils encore leur raison bannale et souvent même officielle, fondée *sur les intérêts privés?* Mais quel législatif oserait donc assurer qu'un fils, fût-il de la famille d'un grand-amiral héréditaire, ou d'un citoyen renommé dans les deux mondes, respectera les volontés de son père? Je pourrais le croire, si les futaies étaient mises en substitutions, si le gouvernement les rendait franches de leur *impôt annuel,* et si, pour l'exécution, il y avait un ministère public.

En indiquant, en sacrifiant les vieilles écorces des bois taillis, savez-vous, MM. les ministres, financiers et députés, si faciles ou crédules, ce qui va en résulter? Vous allez tuer la reproduction par la nature, *la seule qui se projette dans les siècles.* Ces arbres de quarante à soixante ans des taillis émettaient dans leurs contours des glands qui, tombés sur le gazon, y trouvaient précisément le lit et la première nourriture que la nature même indique : l'enfance en était longue; mais aussi, après les coupes, le sol, exposé à l'air et au soleil, leur donnait une rapide croissance. Apprenons-leur encore que nos pères, dans leur langage éminemment significatif, nommaient ces arbres d'âge les corniers, les parois, *étalons.*

Déjà, M. le duc de Bourbon, qui par caractère et par position prenait fort peu d'intérêt à la postérité, a donné en 1817, dans le cantonnement de Dammartin, le scandale de la vente de très-jeunes taillis, avec l'autorisation d'y couper les vieilles écorces.

En laissant donc faire des coupes blanches ou à blanc - étau , vous arrêtez la reproduction par le fait ; car en supposant d'ailleurs que l'acquéreur laisse subsister le fonds en nature de bois taillis, croyez-vous que des jets ou que des tiges étouffées, de quinze à vingt ans, jeteront du gland comme les vieilles mères laissées à dessein dans l'ancien aménagement ? Des phraseurs tels que Varenne-Fenille, Douet-Richardot, Doucet, etc., l'ont critiqué afin de proposer des modes à eux ; mais le vieil aménagement a prédominé. Nos pères, riches d'expériences, avaient donc fait laisser des *balivaux,* dont le nom, par corruption , attestait que ces arbres devaient être marqués par le marteau même du *bailli.*

Ajoutons à ces faits, que de toutes les récoltes la plus rare et la plus fautive est réellement celle du gland ; car cinq, sept à dix années se passent sans fructification. Interrogez les *vrais* conservateurs, les propriétaires des pays bocagers et même les botanistes, ils vous attesteront que les excès de température frappent aujourd'hui le chêne comme le noyer et la vigne. Interrogez les propriétaires du Berri, de la Marche, du Poitou, de la Touraine : ils vous diront qu'il y a cinquante ans les récoltes de glands leur donnaient les moyens d'engraisser des porcs destinés aux salaisons de mer, et que dans ces années ils pouvaient plus facilement acquitter leurs impôts.

La faine même est plus chanceuse ; aussi ne voit-on plus, comme en 1788, des ateliers pour en tirer une huile qui est très-saine, et même bonne. Voici pourtant où nous conduisent des hommes qui ne sont que financiers, et des savans qui ne connaissent pas ou qui méprisent les ruralités !

Il est pénible d'entendre le ministre déclarer qu'il a consulté les conservateurs les plus capables ; il est plus pénible encore de voir une Chambre se contenter de l'oraison funèbre des bois de l'Etat. Il eût été plus exact de dire que les conservateurs consultés ont été les plus attachés à leurs places, ou les plus ancrés au ministère des finances.

Que de choses à dire encore contre le prétendu code forestier Villèle ou Langlade, qui n'est au fond qu'une vaine détrempe de

l'ordonnance de 1669, et auquel on doit l'absurde disjonction des eaux
d'avec les forêts ! Nos plus grands hommes dans l'Etat et la science,
dignes interprètes de la nature et des expériences sociales, avaient re-
ligieusement consacré cette double union, dont la langue nationale,
pendant sept siècles, n'avait fait qu'un mot : ce trait seul suffirait pour
faire mettre à l'index et à la refonte cette espèce de code, qui a déjà
fait susciter tant de *demoiselles*, et pour lesquelles il y a eu, en 1831,
un acte d'amnistie.

Ne perdons jamais de vue la double et positive influence des eaux
sur les bois, et des bois sur les eaux ; car

« **Les eaux** font les forêts, les forêts font les eaux. »

Pour se faire une plus juste idée des dangers de la théorie sur les
eaux et forêts, il faut parler ici de l'école forestière de Nancy, destinée, ont dit les théoriciens, à former des forestiers de génie ou de
haut parage. Pour y être admis, il faut avoir de dix-neuf à vingt-deux
ans, et posséder de la fortune. On y enseigne la géométrie, le dessin,
l'histoire naturelle, le droit judiciaire et administratif, la langue alle-
mande, etc. Ce sera, a dit le gouvernement ou son lieutenant le phra-
seur, la pépinière où seront pris exclusivement MM. les forestiers.
Ainsi, les climats, les positions et les terrains, qui comportent tant de
nuances et de différences dans les applications, ne seront plus des
études spéciales pour former la science par l'expérience.

Mais pourquoi instituer une école forestière, quand le principe de
la vente des forêts de l'Etat et leur mise en défrichement sont en faveur dans le gouvernement et les Chambres ? Serait-ce donc pour les
bois des particuliers ? on ne peut le présumer.

Pourquoi encore avoir choisi Nancy ? Est-ce pour imiter l'école marine d'Angoulême ? Mais qu'on sache que, depuis trente ans, la Lor-
raine se plaint de l'insuffisance de ses bois, même pour les salines. De
même encore, quand on se plaint si vivement de la détresse de l'industrie et du commerce, vîte, le ministre de l'intérieur crée ou double
au collége de France une chaire d'économie politique, pour laquelle,
dans tous les temps, il faudrait plutôt un catéchisme qu'un traité.

On ne se borne pas à vendre les bois faits ; on y joint encore les bois-broussailles. La raison y commandait des recépages ; mais les intrigans ont fait prévaloir le défrichement.

Si quelque bon citoyen s'élève contre la rareté ou la cherté des bois, les hommes de la science, éminemment obséquieux envers le ministre des finances, qui n'est occupé qu'à faire des lingots, et dont ils recueillent des miettes, annoncent aussitôt avec emphase que des ordres sont donnés partout pour faire venir des graines d'arbres de l'étranger ; et ils ne manquent pas de dire que dans le bois de Boulogne, près Paris, a réussi le chêne quercitron, qui donne une teinture *couleur citrine*.

Se plaint-on des torrens, des inondations, des excès de température, les familiers de l'Académie des sciences, épris des *termes moyens*, donnent aussitôt les bulletins des observatoires, qui ne sont jamais en rapport effectif avec les réalités des contrées, même voisines.

Cassini, dans sa carte monumentale, a signalé quatre mille rivières, outre les ruisseaux et les sources ; depuis cette époque, une étendue immense de forêts, bois, boquetaux et de sources ont disparu de notre sol : il serait facile d'en faire le recolement. Ce grand nombre de rivières (l'abbé d'Expilly en comptait six mille) démontre seul, à ceux qui veulent voir un peu de haut, la grande inégalité du sol de la France, et combien il serait sage et conséquent d'y veiller à la conservation du sol culte qu'on défriche arbitrairement sur les monts et leurs pentes (1).

Il ne faudrait pas faire un grand effort de raisonnement pour convaincre que partout les eaux, même au centre de la France, ont subi la diminution proportionnelle des bois.

Depuis les vastes défrichemens des monts, les vents de tempête déracinent maintenant les plus gros arbres sur les Alpes, les Pyrénées, le Jura, les Vosges, etc. ; tout le Midi est désolé par le vent dit *cir-*

---

(1) M. le député Demarçay a demandé, il est vrai, une exception pour les montagnes. Mais il ne sait donc pas qu'un écobuage en pente coûte quatre fois moins qu'en plaine. Qui, d'ailleurs, ferait cette police ?

cius ou *tems drè*. Mais que répondent nos académiciens? de tels effets ont été de tous les temps.

Francklin a dit que les arbres attiraient le fluide électrique. En adoptant ce principe physique, n'est-ce pas une inconséquence dans la science et le gouvernement, qui devraient marcher du même pas, de laisser détruire sur tous les points du sol les bois et les arbres? N'est-ce pas cette pensée qui avait déterminé Sully à faire planter des ormes devant les églises? Combien de faits de ce genre on pourrait citer! Mais n'irritons pas les savans exclusifs. Des historiens, des voyageurs ont fait observer que la peste épargnait les villes de l'Orient, entourées de platanes : pourquoi pas? Il est de fait, au surplus, que les Romains en avaient fait la remarque pour Ispahan. Mais les désolations de la terre, pour nos savans, ne sont que des accomplissemens des lois de la nature : tant ils se croient appelés à ne tenir que les voies du ciel, qui ne sont souvent que celles de leur empyrée!

La Bourgogne, le Périgord, la Bourgogne châlonaise et mâconaise, l'Armagnac, se plaignent plus vivement que jamais des excès de température, et spécialement de la grêle : c'est malheureusement un fait; mais la haute science n'y verra que des hasards des temps. Pourrait-elle donc dire avec quelques preuves que les choses physiques, avec leurs influences, y sont, en 1830, ce qu'elles étaient en 1760? Pourrait-elle affirmer que les bois et futaies sont sans influence? Tous les propriétaires des riches vignobles de la Côte-d'Or, s'ils étaient consultés, réclameraient la haute et active chevelure de leurs monts; et à leur tour ils affirmeraient que la grêle n'y a jamais été aussi fréquente.

Faisons observer aux hommes de l'État et de la science physique, que la destruction des bois arrête en outre, par le fait, la formation de la tourbe, qui, dans beaucoup trop de pays, sera infailliblement un jour l'auxiliaire du bois. La haute science encore sera peu frappée d'un tel avenir; mais permettons-nous de lui apprendre qu'en 1787 les ministres du roi firent essayer, en leur présence, la cuisson du pain par la combustion de la tourbe.

Apprenons-lui sans doute encore, que la disette du bois détermina le gouvernement du roi, en 1750, à grossir la série ou catégorie des bois dits *marchands.*

En termes de gruerie, on nommait *mortbois* les trembles, les ypreaux, les charmes, les sauts, marsauts, tilleuls et bouleaux, dont les destructions étaient en quelque sorte arbitraires : un arrêt du conseil en soumit la conservation, dans *toutes* les provinces, au régime forestier existant.

Les simples agriculteurs nomment aujourd'hui *abats d'eau* des inondations causées par la rupture subite d'un nuage trop chargé : ce mot insolite indique une chose nouvelle, qui n'est pas une trombe. Ne faut-il pas en attribuer la cause à ce qu'il y a moins d'équilibre ou de rapports entre l'atmosphère et les grands végétaux ?

« Nous pourrions, dit le ministre, faire valoir l'avantage de faire « passer les propriétés publiques aux mains des particuliers..... Les « bois à vendre coûtent des frais considérables ; ils ne rendent qu'un « ou un demi pour cent du capital : vendus, l'État du moins en au- « rait ENCAISSÉ la valeur. »

Mais M. Estancelin, député de la Somme, a déclaré cependant qu'en prenant le prix moyen des bois vendus pour la caisse d'amortissement à 782 fr., les bois, tous frais déduits, rapporteraient au trésor 22 millions, et qu'ils offrent un capital de 883,660,000 fr. (Séance du 11 mars 1831.) Un autre député a déclaré que les trois cent mille hectares mis en vente produiraient plus de 20 millions.

Le ministre confond ici les terrains ouverts et libres avec les fonds en bois. Il est très-utile, sans doute, de vendre et de diviser une glèbe qui admet une culture active et annuelle ; aussi, les ventes et les divisions des biens nationaux ont été pour l'agriculture et la prospérité de la France, un des plus grands bienfaits de la révolution de 1789 : mais il n'en est point ainsi des bois nationaux, qu'une nation, *qui ne meurt pas,* doit garder par masses, et défendre contre les entreprises des particuliers. Elle ne doit jamais, l'ennemi fût-il aux portes de sa capitale, déférer à des mains particulières ce qui constitue ses besoins et ceux de ses descendans ; elle doit toujours craindre les passions du joueur et du dissipateur. La prospérité des forêts doit être, en un mot, le but sacré de tout gouvernement agricole. Mais, hélas! une fatale doctrine s'est faite : vendre tous les bois, les défricher et en *encaisser* la valeur, voici la pierre philosophale actuelle.

La discussion sur l'aliénation des trois cent mille hectares a laissé de tristes erremens sur la Chambre de 1831, sur ses connaissances en agronomie et en physique, sur ses devoirs comme mandataire ou fondée de pouvoir de la nation. Avant de se décider à vendre les bois de l'Etat, elle devait préalablement se faire rendre compte de l'étendue du sol en eaux et forêts, afin d'en déduire, avec plus de probabilités du moins, les besoins généraux de la société et ceux des localités. En remontant aux origines de notre législation des eaux et forêts, elle aurait connu les motifs qui avaient porté, dans tous les siècles, la magistrature française à déclarer inaliénables les bois du domaine. Le chancelier de Lhôpital voyait et croyait aux besoins de la société, quand, en 1561, il fit ordonner que le tiers des bois du clergé serait mis en réserves propres à faire des futaies, et que les titulaires ne pourraient faire de coupes qu'à trente-cinq ans : il avait donc bien compris le clergé.

Pour répondre, au reste, à tout système de défrichement, rappelons un fait important.

En 1788, lorsque la législation forestière était encore en vigueur, on voulut tenter une aliénation des bois de l'Etat. Elle fut proposée sous la condition que les acquéreurs donneraient caution pour le maintien du *fonds en nature de bois,* et conformément à l'ordonnance de 1669; mais il ne se présenta aucun acquéreur. Ce fait seul doit laisser de profondes réflexions à faire sur les bois et les défrichemens, et laisser même des repentirs à nos pénultièmes vendeurs.

Le premier désordre a commencé à l'Assemblée constituante, qui, trop éprise des systèmes des économistes anglais, crut, en les adoptant, favoriser la prospérité de la France. Parmi nos députés les plus influens était le duc de Larochefoucaut, ce noble martyr de la liberté. A peine eut-il fait rendre le décret du 15 août 1790, qui déclarait que les bois des apanages faisaient partie du domaine national, que les spéculateurs, auxquels le public a depuis donné le titre de *bande noire*, s'entendirent pour avoir une large part dans ce nouveau butin national.

M. de Larochefoucaut disait aussi, en parlant des futaies : « Les « dissipateurs (lecteurs, pesez bien ces paroles) seront infiniment « moins nombreux sous la Constitution nouvelle... On ne peut *suppo-* « *ser qu'un dissipateur vende une futaie...* »

Toutes ont été dévorées!

A la restauration, le clergé a eu l'espoir de rentrer dans ses bois invendus ; mais la volonté royale inquiétait la bande noire : il a fallu composer. On a donc garanti au clergé quatre millions de revenus sur la masse des bois de l'Etat. Il était bien plus simple de suivre l'exemple de cette femme du Nord, qui avait nom *Catherine*, qui s'empara de tous les biens-fonds du clergé russe et grec, et le mit à sa solde. On a cru faire un grand et profond coup d'Etat, en mettant en vente des bois du domaine jusqu'à concurrence de quatre millions ; mais toutes les menées des officieux de la bande financière n'ont été qu'une comédie. Combien de tels moyens sont petits, quand il s'agit d'un grand principe d'inaliénabilité pour la cause sacrée de la patrie et de la postérité!

La Chambre des députés de 1831, libre des suggestions des spéculateurs, avant d'accueillir la proposition des aliénations, pouvait, avec un peu de zèle ou de patience, se faire assurer, en dix jours, de l'état au vrai des eaux et forêts sur le sol de la France; la carte de Cassini lui en offrait le moyen, puisque tous les bois et boquetaux, les eaux vives et mortes y sont désignés; la même carte eût encore servi à faire connaître le nombre des feux domestiques. Elle aurait su par suite que M. Doïsy, dans sa *Description de la France*, avait signalé trois millions cinq cent cinquante-trois mille trois cent quarante-neuf feux. Poursuivant ses recherches, le cadastre et les directions des contributions lui auraient appris que, depuis 1789, le nombre des feux s'est élevé à plus de cinq millions; ce qui, pour trente-deux millions d'habitans, ferait à peu près cinq personnes par feu.

S'il faut en croire Mirabeau, le père de notre premier grand orateur, la France, en 1740, contenait trente millions d'arpens de bois.

D'autres écrivains, plus réfléchis ou moins pressés d'écrire, ont calculé que la France, depuis 1750 jusqu'en 1780, avait un dixième de son sol en bois.

N'est-il pas trop singulier ou déplorable, que ce soit un étranger, Arthur Young, qui ait déduit, sur le vu de la carte de Cassini, que la France, en 1788, avait dix-huit millions huit cent dix-sept mille quatre cent soixante-dix arpens de bois?.

En procédant comme le savant Anglais, la Chambre ou le gouvernement aurait pu prendre un juste effroi sur l'immense disparition des bois. Ainsi, par exemple, en s'attachant à la forêt d'Orléans, ils auraient vu qu'au seizième siècle elle contenait sept cent vingt mille arpens, et que son étendue était de trente-cinq lieues de long sur sept de large. En poursuivant leurs informations, ils auraient vu, qu'en 1705 elle n'avait plus que cent vingt-un mille arpens, et qu'à la révolution de 1789 on n'y en comptait que soixante-dix mille. Ils auraient vu enfin qu'aujourd'hui, par les entreprises des communes usagères intérieures et par tous les excès des défrichemens et par tous les brigandages impunis, on en compte à peine trente mille plein bois.

Ajoutons à ces considérations que cette vaste forêt, située sur la Loire et sur un canal navigable, était un trésor inappréciable pour Orléans, pour Paris et la navigation, et que toutes les destructions y sont irréparables aujourd'hui.

D'après un rapport officiel de l'an IV, les bois de l'Etat se montaient à quatre millions soixante-seize mille cinq cent soixante-onze arpens; mais le Directoire faisait observer que le dixième des forêts de l'ancien domaine était en terres vaines et vagues. Cette observation seule devrait éclairer celui qui provoque si obstinément aux défrichemens, et qui regarde la conservation des bois comme un préjugé(1).

(1) M. le général D., après avoir lu les déclarations qui précèdent, persistera-t-il donc à regarder comme une mode ou un préjugé de l'autre siècle, la défense de défricher les bois? Son

Il n'a jamais été question, dans les états de la Convention, des bois des particuliers, que M. Odier évalue à trois millions quatre cent quatre-vingt-dix mille hectares, et M. Baillot à trois millions six cent quatre-vingt-onze mille trente-neuf hectares.

NÉCESSITÉ D'UN GAGE FONCIER.

Dans l'état donc où se trouve la France, il y avait une pensée forte et profonde à faire valoir, celle de conserver à la France agricole *un grand gage foncier, et de le déclarer inaliénable*. Ce trait de sagesse eût d'autant plus frappé et flatté la nation elle - même, ainsi que les *créanciers de l'Etat,* que, dans nos principes constitutionnels et législatifs, un propriétaire est libre de faire de son bien-fonds ce qu'il lui plaît : l'article 6 de la loi du 8 septembre 1791 affranchit formellement les propriétaires de bois des obligations imposées par l'ordonnance de 1669.

Or, si les bois qui jusqu'alors avaient formé une propriété publique, passent successivement aux mains des particuliers, il arrivera infailliblement ce qui est arrivé, qu'on les détruira, ou du moins qu'on les réduira à des taillis, pour les couper (a dit le ministre) à quinze ou vingt ans.

Cependant un député, admis à la participation du ministère des finances, a osé dire que la vente proposée était une opération digne d'*un père de famille*. Il faut lui pardonner cette licence, car sans doute il n'en a pas compris tout le sens.

Un autre député, sur ce sujet a dit : « Messieurs, quand on a ses « affaires embarrassées, on vend ses biens-fonds. »

Comment des hommes à qui les destins de la patrie sont confiés, peuvent-ils abandonner ce qui en fait une nécessité à des existences viagères, aux passions qui peuvent jeter le fils d'un père vertueux dans les abîmes que creusent les dissipations, les spéculations, le jeu ou

opinion, du reste sujette à l'erreur, comme toute opinion humaine, étonne encore moins que la tacite adhésion de la Chambre, qui n'a pu rien faire qui ait fait plus de tort à sa raison législative.

les faiblesses ? Le refrain perpétuel de nos financiers, qu'ont répété les deux Chambres à chaque occasion, c'est que *les intérêts privés* sont les plus sûrs gardiens des bois. L'expérience seule, depuis quarante ans, démontre que ce déplorable argument est une hérésie, si ce n'est un crime envers la patrie : épargnons-nous de citer de grands exemples.

Il semble donc qu'une fatale destinée ennemie nous pousse à la destruction générale de tout ce qui sert le plus à la patrie. L'opinion, les salons, des papiers publics, les hommes en possession des charges de l'État donnent ou ont donné une haute approbation à l'aliénation des forêts ; ils ne peuvent s'arrêter à cette pensée si simple, qu'un homme peut abuser de ses biens, et qu'il n'y a qu'une nation, qui ne meurt jamais, capable de conserver ce qui sert à la société, et ce qu'elle doit transmettre à la postérité. On n'a point encore vu d'hommes, même financiers, soutenir que les eaux et forêts étaient inutiles à la vie commune ; mais on en rencontre beaucoup qui, sans combattre le principe, affectent de ridiculiser ceux qui le soutiennent, en leur imputant du fanatisme pour le chêne (1). On en trouve encore qui travestissent la prédiction de Colbert, « *que la France périra faute de bois,* » et qui débitent, sur un ton railleur, que les chantiers de Paris n'en sont pas moins bien approvisionnés tous les ans. Ils auraient cette année un grand avantage de fait, car jamais, depuis vingt-cinq ans, les chantiers de Paris n'ont été plus approvisionnés qu'ils ne le sont en avril 1831 : mais s'ils voulaient en examiner la cause, ils sauraient que cette grande abondance est due aux premières ventes des bois du domaine, c'est à dire aux cent trente-deux mille hectares que le ministre, plus argentier qu'homme d'État, a fait vendre aux affluens de la Seine.

On en trouve encore qui déclarent que jamais on n'a tant planté, que le bois *diminue partout de prix*. D'autres disent que, dans les grands principes de l'économie politique, il vaut mieux avoir cent arpens de lin ou de betteraves, que cent arpens de hautes futaies ; que

____

(1) C'était le mot favori du comte B.

pour favoriser l'industrie nationale, il faut vendre les bois et les défricher.

Pour qu'on ne se méprenne pas sur la science nouvelle économique,
agronomique, M. le député, partisan du défrichement des bois, a affecté d'en répéter le bienfait, en disant à la Chambre : « Messieurs,
l'entendez-vous? »

Le plan combiné de l'aliénation des bois avait déjà trouvé un premier orateur, estimé d'ailleurs pour ses principes politiques, mais qui,
pour ébranler la phalange des trois cents, où les évêques comptaient
beaucoup de champions, disait : « On s'attendrit sur le sort des arbres
« qui vont être abattus par la cognée...; on les entoure d'un prestige
« chevaleresque...; le chêne renfermant l'âme de Clorinde n'a pas
« poussé, sous la hache de Tancrède, de gémissemens plus plaintifs
« que ceux qu'on fait entendre. » A ces mots si poétiques ont éclaté
spontanément des bravos, des applaudissemens avec trépignemens;
jamais peut-être la tribune nationale n'a retenti d'un plus grand éclat
de satisfaction pour l'esprit, l'érudition et l'à-propos.

Quand une Chambre, composée des députés de tous les départemens, adhère et applaudit à de telles raisons, quelle espérance peut
concevoir un homme isolé, un simple agronome, qui, se fondant sur
les principes de la physique, sur l'expérience et les réalités, a le courage encore de chercher à vaincre l'opinion contraire, et à faire revenir toute une Chambre de ses erreurs? Que pourra sa faible voix
contre tous les intérêts de fortune ou d'argent que promettent les divers agens de finances nationaux et étrangers, échelonnés en sangsues
sur la vive substance du corps de la France?

L'homme le plus sage, fût-il un Sully, n'aurait aujourd'hui parmi
nous aucun accès ni succès (1). Mais quelque triste que soit l'état des
choses actuelles par la destruction des eaux et forêts, relativement à
la société et à l'avenir de la France, il est du devoir et de la cons-

_____

(1) Déjà quelques parties des trois cent mille hectares proposés en vente à la fin de mars 1831,
ont reçu, en avril 1831, la mention d'une vente fortunée *auprès de Versailles*. Le *Moniteur*
aussitôt en a donné l'avis officiel : ce qui promet pour l'avenir.

cience du vrai citoyen de chercher à arrêter ce désordre insensé et impie qui peut nous conduire à une ruine totale. M. Forfait, ministre de la marine, a dit : « Un Etat qui n'a pas toujours des réserves dans « ses forêts et ses chantiers, et qui se trouve forcé de tenir sa marine « en activité, perd à la fois sa prépondérance et ses forêts. »

Une telle pensée de la part d'un homme que ses grandes connaissances avaient fait faire ministre, si nous avions, comme on le dit, des républicains, devrait électriser du moins ceux d'entre eux auxquels on confère tant de hautes vertus civiques : mais qui oserait proclamer ses principes en faveur de la cause sacrée de la patrie ?

Tel faible que soit mon crédit, comme agronome et comme administrateur, je vais tâcher néanmoins, en m'appuyant sur les principes et les faits ci-dessus énoncés, de proposer à toutes fins quelques vues propres à réparer en partie les erreurs du gouvernement, et à rappeler sur le sol de la France l'influence combinée des eaux et forêts, qu'il abandonne, et que réclament à la fois la nature et la société.

Il est malheureusement trop vrai, que l'intérêt est la mesure des actions; dans ce siècle, il faudrait peut-être dire, et des opinions. L'Assemblée constituante n'ayant point de métalliques et une dette énorme, relative du moins aux revenus fonciers de la France, a cru devoir mettre dans le commerce les biens-fonds du clergé et de la main-morte; mais cette ressource, quoiqu'immense, s'est évaporée comme une abondante rosée survenue à une terre altérée par une longue sécheresse. Pour triompher des ennemis extérieurs, la Convention a payé une partie de ses armées avec des dévolus sur des forêts, et, pour atteindre ceux de l'intérieur, le Directoire a autorisé des généraux révolutionnaires à incendier les bois de l'Ouest et du Midi, où les insurgés se retiraient.

A son retour de l'île d'Elbe, Napoléon, manquant d'argent et se voyant menacé par toute l'Europe, a voulu recourir à la vente des forêts. Un homme d'Etat, dont le nom seul rappelle un beau caractère et de grandes vertus civiques, lui fit d'énergiques représentations sur les malheurs qui résulteraient d'une telle mesure; il fit valoir l'indépendance de la nation, et sa gloire propre à l'égard de l'Angleterre, son implacable ennemie, et dont la puissance, par ses flottes, commandait le recours à nos forêts afin de lutter contre elle : honneur mille fois à M. Molé qui persuada l'empereur, et le fit renoncer à la vente des forêts.

A la restauration, le gouvernement est devenu essentiellement financier ; de suite, au moyen de l'emprunt de cent millions pour payer l'étranger, il a pris rang avec ceux de l'Angleterre et de la Hollande ; dans cette phase, toute de circonstance, on s'est attaché à traiter la France comme un État essentiellement mercantile et négociant, et Paris a eu sa Bourse. L'avenir nous apprendra bientôt probablement, si nous avons été sages de changer ainsi, sans prévoyance et réflexions politiques notre ancienne et plus sûre consistance agricole et le caractère de la population. Il fallait, en outre, de l'argent à une cour composée de gens qui en étaient affamés ; on a commencé à porter la main sur les forêts de l'État ; on s'est prévalu du système financier déjà contracté. On a légitimé cette première atteinte, en déclarant que les forêts à vendre serviraient à l'amortissement de la dette.

Telle était la situation de nos finances et la première entreprise du gouvernement sur les forêts, quand le roi Charles X, oubliant à la fois sa patrie, ses devoirs, l'honneur et sa conscience, s'est vu forcé de fuir un trône où il avait été si généreusement accueilli. Dans la capitale, on s'est aussitôt créé des fantômes d'ennemis et de guerres, quand toutes les cours, les rois et les peuples avaient applaudi à la juste insurrection du peuple de Paris ; croyant ne voir que la gloire et la liberté, et faisant abstraction de la paix, on s'est épris d'enthousiasme pour le vaste plan de rendre libres toutes les nations asservies. Dans ces vues, on a poussé sans discontinuer le cri *aux armes*. On a même pris pour un appel formel à la nation française ou pour des promesses, les insurrections de quelques peuples ou cités. Tel sage ou modérateur qu'ait été le gouvernement du roi Louis-Philippe, il a fallu néanmoins se mettre en mesure, comme pour faire la guerre en effet à toute l'Europe, et on n'a pas trouvé d'expédient plus prompt et plus réel, que de mettre les forêts de l'Etat sous le balancier des monnaies; c'est alors qu'on a proposé modestement la vente de trois cent mille hectares.

On a paru généralement persuadé dans les Chambres, dans les journaux, dans les salons, que jamais à aucune époque on n'avait autant planté de bois, et il en est résulté une sécurité telle, qu'infailliblement on prendra même encore, malgré tout ce qui vient d'être dit, ces représentations pour des contradictions systématiques ou pour des rêveries : il faut donc s'en expliquer.

Il y a eu un temps en France où les bois ne payaient que peu ou point d'impôts; ce fait est facile à croire, parce que d'une part, l'ancien gouvernement, depuis Sully jusqu'à Malsherbes, attachait une grande importance à l'existence des bois et à leur production *naturelle;* parce que de l'autre, ce genre de propriété se trouvait appartenir pour la dix-neuvième partie à la noblesse, au clergé et aux privilégiés, qui avaient tous un grand intérêt à ce que le fisc, et même les gens du roi, ne vinssent pas faire d'inspections dans leurs bois respectifs.

Dans cet état de faveur et de tolérance pour la possession des bois, et quand les défrichemens d'ailleurs étaient partout extrêmes, sollicités, payés et favorisés par le gouvernement même, à la suite desquels les bois disparaissaient, d'une manière effrayante, dans toutes les contrées, et de préférence dans les pays montueux; il est tout naturel que des propriétaires, voyant ou prévoyant la cherté et la rareté des bois, aient employé leurs économies et leurs capitaux à semer ou planter des bois sur des terrains vagues ou épuisés, avec l'espoir d'y faire quelques premières coupes par eux ou par leurs enfans.

La preuve, que les nobles, le haut clergé, et surtout les privilégiés, jouissaient d'une exemption indéfinie pour leurs bois, c'est que le gouvernement du roi, dans la plus grande détresse d'argent et dans le danger de la guerre, ne se permettait d'assigner qu'un ou deux vingtièmes sur leurs bois : tel, le président Pelletier de Saint-Fargeaux, à l'époque de la révolution, ne payait que 1800 francs pour ses vingtièmes sur trois mille arpens de ses bois affluens au canal de Briare.

Après la révolution de 1789, la spéculation de semer ou de planter des bois s'est donc modérée, et presque arrêtée tout à coup; parce que les moindres propriétaires, dans tous les cantons, ont pu acquérir même sans bourse délier, des *bois tout faits* et à très-bon marché, et parce qu'encore, il était loisible aux acquéreurs individuels d'en demander la division en parcelles.

Les choses étaient dans cet état, quand, pour le malheur de la France, le gouvernement impérial a donné créance ou crédit au fatal cadastre parcellaire, à la suite duquel, comme on vient de le voir, on a *excessivement et partout surimposé les bois*. A qui encore se trouvait confiée cette grande opération? à MM. Gaudin et Hennet, les deux hommes les plus étrangers à notre agronomie dans tout le ministère, et peut-être même dans la capitale.

Dès que les propriétaires et les capitalistes ont vu qu'on accablait ainsi d'impôts les bois, toutes les spéculations dans ce genre se sont amorties, et sur tous les points de la France. Il en est résulté un autre malheur; ceux qui avaient des bois les ont défrichés, afin de se faire un produit annuel, en place d'un impôt immuable ou fixe, sur un sol qui ne produisait de revenu que tous les vingt-cinq à trente ans: voici l'exacte réalité de ce qui a été fait relativement aux bois.

Il est vrai que le grand jubilé de l'Assemblée constituante ayant causé une aisance assez générale parmi les anciens taillables, le premier soin de ceux-ci a été de se créer des foyers domestiques; et que, pour être indépendans des voisins riches en bois, ils se sont adonnés presque partout à planter dans leurs terrains des petits massifs, ou plutôt des bouquets de bois, pour chauffer le four et servir de combustibles à leurs foyers. Tel en Normandie, en Bourgogne, dans l'Orléanais, et spécialement autour de Paris, on a fait maintes petites châtaigneraies à couper tous les sept, huit à neuf ans, pour faire des cercles; car la culture de la vigne se trouve aujourd'hui portée jusqu'aux portes de Rouen, de Chartres, de Meaux, de Soissons, de Compiègne, etc. Tel, en Champagne encore, on a presque changé la face de la partie dite *pouilleuse* par des plantations de saule-marsaut (*salix caprea*), qui a le double et précieux avantage de végétaliser un sol tout de craie, qui, jusqu'alors, avait été rebelle à tout essai d'amélioration, et qui d'ailleurs fournit un combustible et des abris à un pays qui en était généralement privé.

On s'y est adonné encore à planter le pin sylvestre, dit *de Bordeaux*, qui a la faculté de se semer lui-même dans la craie. J'invite l'agronome, le naturaliste ou le physicien qui voudrait voir et reconnaître cette double et heureuse révolution, s'il passe à Châlons-sur-Marne, à aller à *Chenier*, commune à deux lieues sud-ouest de cette ville, chef-lieu.

On a effectivement partout planté beaucoup de saules aux bords des eaux vives, parce qu'on a supposé, ce qui est très-rare, que chaque tête de saule produisait vingt sols par an; et on s'est fait ainsi des calculs flatteurs à l'infini.

Le peuplier d'Italie avait d'abord inspiré un grand engouement, parce qu'on avait admiré sa végétation, sans faire attention aux terrains où il se trouvait, quand il n'y a pas d'arbre, au contraire, qui exige plus un sol humide, riche, et profondément végétatif. Mais il s'est trouvé des individus qui ont imperturbablement attribué à tout peuplier, et dans tous les terrains, une valeur de 20 à 25 francs, après vingt années de plantation.

Les hommes des champs ont encore beaucoup planté de bouleaux, et surtout dans les pays vignobles, parce qu'ils y servent aussi à faire des cercles.

Mais le financier ou l'homme du gouvernement le plus intrépide ne pourrait citer deux cents arpens, en plein bois, d'arbres séculaires semés ou plantés depuis environ vingt-cinq ans; et si, quelques tentatives ont eu lieu, le cadastre parcellaire les aura fait abandonner, dénaturer ou arracher par ses excès d'évaluations dans l'impôt foncier.

A quelle époque encore le gouvernement et les Chambres veulent-ils mettre les bois durs et marchands en dehors de la conservation publique ou nationale? C'est lorsque la population s'agglomère progressivement dans les villes; où les premiers besoins, qu'on ne s'y trompe pas, sont infiniment plus impérieux, c'est-à-dire dangereux, qu'ils ne le sont dans les campagnes, toujours plus résignées que les villes; c'est quand la capitale va compter bientôt un million de consommateurs, pour lesquels des bois blancs ou des fagots ne suppléeront pas aux consommations habituelles.

Apprenons au ministère et aux municipes de Paris, qu'en 1783 le bureau de ville fut réduit à faire délivrer des bons de *tiers et quarts* de voie de bois ; que des commissaires furent envoyés dans les parties hautes de l'Yonne, de la Seine, de l'Aube, pour faire arriver en toute hâte à Paris des bois et des charbons. Le gouvernement aurait-il aujourd'hui la ressource, dans le cas d'une pareille disette, que des hivers rigoureux peuvent aggraver encore, de faire faire une coupe extraordinaire dans les bois de l'Etat, quand ils sont presque tous vendus, ou en partie défrichés, *même aux portes de Paris?* C'est alors qu'il pourra juger des sentimens *généreux des intéréts privés,* sur lesquels il a l'imprudence de s'appuyer ; mais il ne sera plus temps.

Ce qui est arrivé en 1783 arrivera infailliblement encore quand la fatale exubérance des ventes actuelles sera consommée. Il arrivera pour le manque de bois, qui est aussi un des premiers besoins, ce qui arrive partout pour les disettes de blés.....

Hommes de bien, bons citoyens, qui êtes ou serez à la tête du gouvernement, réfléchissez bien à ces cas de besoins publics, car ils sont bien autrement importans que les *casus belli aut fœderis* de la diplomatie.

Pour faire arrêter, provisoirement du moins, les défrichemens et les destructions, le gouvernement n'a rien de plus pressé et de plus sage à faire que de faire jouir les propriétaires des bois qui sortiront de l'âge ordinaire des taillis, des plus grandes faveurs possibles, et de reporter absolument le paiement de l'impôt foncier aux coupes. Dans le droit, c'est le mode le plus juste, et il est facile dans l'exécution.

Pour exciter à former des futaies, le gouvernement, telles choses que pourra dire un ministre des finances, doit réduire l'impôt foncier des bois qui auront atteint trente ans, au strict minimum, et, après quarante, cinquante ou soixante ans, accorder des primes jusqu'à cent.

ans, en les graduant sur l'emploi des bois aux constructions maritimes.

Qu'il ne craigne pas la dépense ; car elle ne peut être comparée à celle qu'il ferait pour importer des bois étrangers : de quels pays encore ? La Russie, depuis vingt ans, défend l'exportation des bois des forêts même où l'Europe occidentale allait s'approvisionner. D'autre part, l'Albanie n'en fournit plus à Toulon ; et, ce qui n'est que trop réel, l'Amérique du nord se déboise au centre même de sa plus grande population (1). A telle somme donc que pourraient se monter les primes proposées, il y aurait de la sagesse et de l'économie à en adopter de suite la mesure.

Si le gouvernement du roi Philippe veut jeter des racines propices et profondes, il abolira de fait le cadastre parcellaire, que la Chambre élective elle-même a déjà condamné, et par lequel on se joue encore de la matière imposable de la manière la plus arbitraire, sans qu'il y ait eu de loi spéciale organique, et pour lequel le ministre des finances a dépensé ou fait dépenser peut-être plus de 80 millions ; il l'abolira encore, parce qu'il attaque et frappe dans tous les départemens l'industrie et les améliorations *agricoles ;* il coordonnera l'impôt foncier d'après les erremens de l'Assemblée constituante, la seule qui ait été la digne interprète des vœux et des intérêts nationaux ; il s'affranchira des œuvres ou de l'influence des grands géomètres, qui, dans ce genre de cadastre, n'ont vu rien de plus beau que leur immense réseau de triangles, depuis Dunkerque jusqu'à Bayonne. Pour être juste lui-même, il ne s'adressera qu'aux propriétaires, aux maires et municipaux *élus ;* et, pour agir, il n'emploiera que des arpenteurs.

Une autre grande réforme à faire est celle de la centralisation, qui paralyse toute l'administration, lui enlève ses juges naturels et les droits dus aux administrateurs comme aux administrés. S'il en conçoit bien l'injustice et la monstruosité, il l'abolira sans discussion. Sur ce sujet, bornons-nous à rappeler un trait qui fait plus d'honneur à Napoléon qu'à son conseil d'Etat.

---

(1) A New-Yorck, le bois des foyers est presque aussi cher qu'à Paris.

Un des meilleurs préfets de nos Pyrénées avait autorisé tout simplement une commune à s'imposer une modique somme, afin de faire réparer immédiatement une digue dont les eaux servaient à l'irrigation d'une prairie. Le ministre des finances se porta dénonciateur au conseil d'Etat. Sur l'exposé, il y eut haro commun contre le préfet prévaricateur. Napoléon laissa parler chacun; puis, s'adressant au conseil d'Etat en masse, il dit : « Messieurs, vous pouvez avoir raison ; mais c'est ainsi qu'on administre. »

Force fut bien à M. Gaudin, fort intolérant en fait d'attributions (1), de renoncer à sa petite satisfaction de tancer un préfet qui voulait faire le ministre des finances au petit pied.

Faut-il donc pénétrer dans tous les sanctuaires et les replis de la haute administration pour se convaincre, qu'un maire et des municipaux, élus et imposés, peuvent mieux juger de l'importance et de l'urgence d'un travail utile à leur commune qu'un chef de bureau à Paris, qui n'y connaît rien et qui fait attendre deux ou trois ans la décision ministérielle? Ainsi, un maire, duement autorisé par son conseil municipal, doit pouvoir faire réparer un dommage moyennant 15, 20 à 30 francs; quand, en parcourant toutes la hiérarchie administrative, il peut en coûter à la commune 4 à 500 francs.

Que le gouvernement et les Chambres ne se méprennent pas sur la centralisation, qu'un imprudent ministre trouve admirable; car, dans des troubles civils, il peut en résulter une grave révolution locale. Pour gouverner, Paris est une juste centralisation; mais, pour administrer, il n'y a que le chef de chaque administration locale, sauf des cas déterminés d'avance.

La France, en un mot, sera toujours mal administrée tant qu'il n'y aura pas un code rural en harmonie avec nos lois et institutions. J'ai indiqué le moyen de le faire rédiger : c'est celui qui fut pris

---

(1) Le ministre de l'intérieur, soi-disant le ministre de l'agriculture, avait écrit, en 1805, une circulaire aux préfets pour connaître l'état de l'agriculture et les influences des impôts. M. Gaudin exigea aussitôt que le ministre de l'intérieur écrivît aux préfets de regarder sa circulaire comme non avenue : ce qui fut fait.

pour l'ordonnance de 1669, et je le réitère avec une pleine et intime assurance.

Quant au fond de l'aliénation des bois de l'Etat, terminons par une bien triste réflexion : A l'époque de la révolution de 1789, notre dette était d'environ un milliard. Nous avons vendu pour plus de cinq milliards de biens et de bois nationaux ; nous n'en avons pas moins subi des réductions, des banqueroutes. Une dette énorme pèse encore sur nous ; et, en 1831, nous sommes réduits à recourir à la contribution foncière !....

Quant aux défrichemens, que les amateurs d'agriculture, les ministres et les agens du gouvernement sollicitent sans cesse et avec ardeur, nous leur dirons : Ce n'est pas la terre à cultiver qui manque aux bras et aux capitaux ; car la France tient aujourd'hui *plus de quatre millions d'arpens* en terres vaines et vagues, en landes ou brandes, en garigues, monts et marais. A notre tour nous dirons, comme M. le député D*** : *Messieurs, l'entendez-vous ?* N'y a-t-il donc pas une fatale aberration ou absence de raisonnement à détruire les bois, qui du moins donnent des produits, quand on a une si grande étendue de terre culte qui ne produit rien, qui accuse le gouvernement, et qui n'est qu'une lèpre honteuse dans un grand Etat agricole ?

FIN.

TABLE DES MATIÈRES.

PREMIÈRE PARTIE.

DEUXIÈME PARTIE.

FIN DE LA TABLE DES MATIÈRES.